共和国的历程

陆上雄鹰

中国人民解放军陆军航空兵诞生

刘 亮 编写

蓝天出版社　吉林出版集团有限责任公司

图书在版编目（CIP）数据

陆上雄鹰：中国人民解放军陆军航空兵诞生 / 刘亮编写
—北京：蓝天出版社，2014.10 （2023.3重印）
（共和国的历程）
ISBN 978-7-5094-1257-2

Ⅰ．①陆⋯ Ⅱ．①刘⋯ Ⅲ．①革命故事－作品集－中国－当代 Ⅳ．①I247.8

中国版本图书馆 CIP 数据核字（2014）第 232431 号

陆上雄鹰——中国人民解放军陆军航空兵诞生
编　　写：刘　亮
策　　划：金永吉　　荆忠峰
责任编辑：梅广才　　王燕燕
出版发行：蓝天出版社　吉林出版集团有限责任公司
地　　址：北京市复兴路 14 号
邮　　编：100843
电　　话：010—66983715
经　　销：全国新华书店
印　　刷：北京楠海印刷厂
开　　本：710mm×1000mm　1/16
字　　数：69 千
印　　张：8
版　　次：2016 年 3 月第 1 版
印　　次：2023 年 3 月第 3 次
定　　价：29.80 元

前　言

　　中华人民共和国自 1949 年 10 月 1 日成立以来，已走过了六十多年的风雨历程。历史是一面镜子，我们可以从多视角、多侧面对其进行解读。然而有一点是可以肯定的，那就是，半个多世纪以来，在中国共产党的领导下，中国的政治、经济、军事、外交、文化、教育、科技、社会、民生等领域，都发生了深刻的变化，中国人民站起来了，中华民族已屹立于世界民族之林。

　　这段时间放到整个历史长河中是短暂的，有如弹指一挥间，但它带给中国的却是极不平凡的。六十多年里神州大地经历了沧桑巨变。从开国大典到 60 年国庆盛典，从经济战线上的三大战役到经济总量居世界前列，从对农业、手工业、资本主义工商业的三大改造到社会主义市场经济体制的基本确立，从宜将剩勇追穷寇到建立了强大的国防军，从废除一切不平等条约到独立自主的和平外交政策，从"双百"方针到体制改革后的文化事业欣欣向荣，从扫除文盲到实施科教兴国战略建设新型国家，从翻身解放到实现小康社会，凡此种种，中国人民在每个领域无不留下发展的足迹，写就不朽的诗篇。

　　六十几年在历史的长河中犹如沧海一粟，但对身处其间的个人却是并非无足轻重的。其间究竟发生了些什么，怎样发生的，过程怎样，结果如何，非人人都清楚知道的。对此，亲身经历者或可鲜活如昨，但对后来者却可能只是一个概念，对某段历史的记忆影像或不存在或是模糊的。基于此，为了让年轻人，特别是青少年永远铭记共和国这段不朽的历史，我们推出了这套《共和国的历程》。

《共和国的历程》虽为故事形式，但与戏说无关，我们是想借助通俗、富于感染力的文字记录这段历史。这套丛书汇集了在共和国历史上具有深刻影响的重大历史事件。在丛书的谋篇布局上，我们尽量选取各个时代具有代表性的或深具普遍意义的若干事件加以叙述，使其能反映共和国发展的全景和脉络。为了使题目的设置不至于因大而空，我们着眼于每一重大历史事件的缘起、过程、结局、时间、地点、人物等，抓住点滴和些许小事，力求通透。

历史是复杂的，事态的发展因素也是多方面的。由于叙述者的视角、文化构成不同，对事件的认知或有不足，但这不会影响我们对整个历史事件的判断和思考，至于它能否清晰地表达出我们编辑这套书的本意，那只能交给读者去评判了。

这套丛书可谓是一部书写红色记忆的读物，它对于了解共和国的历史、中国共产党的英明领导和中国人民的伟大实践都是不可或缺的。同时，这套丛书又是一套普及性读物，既针对重点阅读人群，也适宜在全民中推广。相信它必将在我国开展的全民阅读活动中发挥大的作用，成为装备中小学图书馆、农家书屋、社区书屋、机关及企事业单位职工图书室、连队图书室等的重点选择对象。

编　者
2014 年 1 月

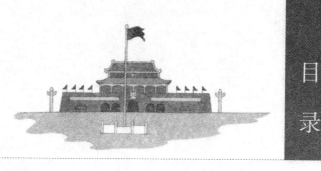

目录

目 录

一、 组建部队

● 经过精心运筹和准备，1986 年 10 月 3 日，在庆祝共和国 37 岁生日之际，中央军委正式批准组建陆军航空兵。

● 直升机贴地飞行、拉起、俯冲，再拉起、再俯冲，似一群钢铁蜻蜓在平原上喷射火舌。

● 一枚绿色信号弹腾空而起。
"07，起飞！"副团长程新广下达了飞行学员毕业考核的第一道指令。

中央军委决定组建陆军航空兵

1985 年，在军队建设实行战略转移、全军裁员 100 万的特定背景下，中央军委审时度势，决定组建中国陆军航空兵。

6 月，根据中央军委整编命令，原来的 11 个军区合并为 7 个大军区。原 11 个军区空军的 12 个直升机团、大队将撤销并用于组建陆军航空兵。这样，有约 300 架直升机和大部分飞行员可用于组建中国历史上的第一支陆军航空兵。

纵观世界航空发展史，直升机在其中虽然所占的篇幅不多，但在现代社会却有浓墨重彩的一笔。

从 20 世纪 80 年代开始，直升机的作用引起了中国军方领导人的高度重视，他们敏锐地感到，陆军航空兵将成为世界新军事变革中一支重要的力量。

陆军航空兵装备的直升机最突出的特点是拥有超低空突防本领。长期以来，固定翼飞机因其自身固有的局限性，在 50 米以下的超低空难以有所作为，而武装直升机作为集各种航空兵器优势于一体的优化产物，正好填补了这一空白。它使空地紧密地联系在了一起，以其强大火力和突击力在低空和超低空突防上备受青睐。

直升机掠地飞行快速、隐蔽，火力攻击准确，可以对敌方装甲目标发起猝不及防的攻击，也可以从远距离发起攻击，并能摧毁迄今为止世界上所有的主战坦克。它装载的部队和伞兵更易形成战斗突然性，而且能充分发挥空地协同的突击威力，实行立体包围。

直升机不像固定翼飞机那样需要构筑专用机场和跑道，它不受任何地形障碍、沾染区和布雷区限制和影响，可以根据战场情况灵活变速、变向、悬停、盘旋，其机动速度比步兵快20倍，比摩托化部队快8倍，更能适应现代化战场上瞬息万变的要求。

以攻击直升机为主，配以少量侦察直升机的战斗编组，执行空中火力突击任务。又可以编成以侦察直升机为主，执行侦察和警戒任务。还可以编成以运输直升机为主，配以一定数量的攻击直升机、侦察直升机等的战斗编组，执行空中机动作战任务。

陆军航空兵作为独立兵种配属陆军后已使军队的战略战术、作战思想发生了根本性的变革，成为影响整个陆军机动能力、作战能力乃至整个战场态势的重要力量。

武装直升机作为陆军突击兵器广泛应用于战场，使传统的突击样式、突击方法和作战理论受到新的挑战。现代战争的高技术性和立体协同性，给我军现代化建设既提出了严峻的挑战，又提供了历史的机遇。

为了抓住这个历史机遇，中央军委认为有必要组建一支专业化的部队，以适应飞速发展的现代高技术战争的需要，进一步提高中国军队现代化作战能力。

组建部队

1986 年 2 月 24 日，军委批准成立陆军航空兵部筹建办公室。

经过精心运筹和准备，1986 年 10 月 3 日，在庆祝共和国 37 岁生日之际，中央军委正式批准组建陆军航空兵的方案。

最后是组建陆航领导机关。

中央军委决定，整个组建工作要在 1987 年全部完成。

陆航兵首次亮相演习场

1988 年春天，在长城脚下的古战场上，隆隆的炮声响彻霄汉，滚滚硝烟弥漫长空。

解放军华北某集团军正在这里举行以现代高技术局部战争为背景的大规模多兵种合成作战演习。

在广袤的平原上，"红军"由数十辆坦克和装甲车组成的装甲群，向"蓝军"装甲群冲去。两支钢铁洪流将在开阔地上展开钢铁大战。

双方的车辆上都插着红色或蓝色的小旗子，以区别"敌我"。滚滚黄尘中，红色的小旗飞速向蓝色的小旗冲击。

"蓝军"坦克发挥机动性好、射程远的优势，展开钳式队形，从左右两侧包抄"红军"，并抢先开火。"红军"几辆坦克在激光模拟器的控制下冒出黄烟，被"击毁"了，车辆油路和火控系统被自动切断，停了下来。

"红军"攻击受挫。

就在这时，从"红军"装甲群后方传来马达的轰鸣声，很快，天空中传来阵阵轰鸣声。

数架武装直升机从山谷中出现，向"蓝军"装甲群冲去，这是我军第一个集团军直升机大队的首次亮相。

这时，扩音机中传来解说员的声音：

组建部队

武装直升机采用光学瞄准、红外跟踪、有线制导的火控系统，可携带反坦克导弹，对"敌"装甲目标实施悬停攻击或水平攻击。

解说员的话音刚落，两架武装直升机已对"蓝军"先头坦克发起攻击。

随着两道火光，机载导弹飞向"蓝军"坦克，全部命中目标。

两辆"蓝军"坦克也冒起了黄烟。"红军"坦克驾驶员从坦克里探出身子，向直升机高兴地挥舞着军帽。

接着，第二批、第三批武装直升机以雷霆万钧之势从天而降，分批对"蓝军"装甲群实施攻击，并掩护"红军"装甲群的攻击。

直升机贴地飞行、拉起、俯冲，再拉起、再俯冲，似一群钢铁蜻蜓在平原上空喷射火舌。只见演习场上火光闪闪，火箭嗖嗖，一辆辆"蓝军"装甲车在硝烟中被摧毁，使"蓝军"完全丧失了进攻能力。

"红军"装甲群乘胜追击，冲上去消灭残"敌"，打扫战场。

随着指挥员的命令声，电子对抗的表演项目开始了。

"蓝军"6台通讯干扰车施放出强大的电磁波，对"红军"短波、超短波无线电通讯指挥系统、武器控制系统实施强烈干扰，使"红军"通讯中断、雷达迷盲、指挥系统失灵，屏幕上出现的是"雪花"，电话中传来的是杂音。

关键时刻，"红军"干扰直升机飞临上空，直升机内装有空对地电子对抗和电子干扰系统，很快展开了对"蓝军"通讯干扰车的反干扰。

很快，"红军"通讯、指挥和雷达、武器控制系统恢复了正常，而"蓝军"却变成了"聋子"、"瞎子"，在"战场"上完全处于被动局面……

不久后，《解放军报》在头版刊出醒目消息《铁脚板插上钢翅膀》，披露了这次演习，并特别指出，这是解放军陆军航空兵首次在军事演习中正式亮相。

陆军航空兵在这次以现代高技术局部战争为背景的军事演习中犹如神兵天降，指挥直升机、侦察直升机、攻击直升机、运输直升机、电子干扰直升机、布雷直升机、勤务直升机等在作战空域形成"一域多层、空地一体"的立体攻势。

陆军航空兵加入人民解放军作战序列，使解放军陆军具有了空地一体的打击方式，将原来的一字形打击阵线变成了从天上到地下的"X"形阵线，从而使陆军的战略战术发生了质的飞跃。

组建部队

陆航兵博得同行的好评

1993年冬天，美国恩斯特隆公司的"TH-28"新型直升机来中国参加北京民用航空器展览会，并且要做性能试飞表演。

中方要求，在北京进行表演时，必须由中国飞行员单独驾驶。上级指定由马湘生执行这个任务。

马湘生是中国空军1985年第一批特级飞行员，曾驾驶过国内外30多种型号的直升机，并多次到国外考察世界各种先进的武装直升机，是中国驾驶直升机种类最多的飞行员。

但美国人坚持要亲自考核后，才准许中国人单独驾机升空表演。

马湘生来到机场，见到了美方公司飞行部部长T先生。T先生曾在美军陆航部队任过上校，他不相信刚刚成立不到10年的中国陆航军人能操作如此先进的直升机。

望着眼前这个个头高大，身着绿色飞行夹克，浑身充满精气神的中国军人，T先生以美国军人习惯的傲慢语气，连个招呼也不打，劈头就是一句话："我飞了2000多小时。"

马湘生并非第一次和外国人接触，T先生的傲慢早在预料之中。

他平静地说："我飞了 3000 多小时。"

T 先生不相信，他知道 3000 个飞行小时意味着什么。他盯着马湘生的眼睛，又说："我是上校。"

马湘生不卑不亢："我是大校。"

美国人一听，说："我不管你是上校还是大校，只要你不符合要求，我就不准你把飞机飞走。"

"你要检查几次？"

"不管几次，必须到合格为止。"

"好，上机。"

马湘生并不介意 T 上校的态度，倒是对他的认真感到满意，因为驾驶直升机在超低空飞行时离地面只有几米，稍有闪失都会造成机毁人亡。

T 先生这才认真地打量起眼前这个不起眼的中国军人：锐利的目光，结实的身板，平静的神情。

管你说的是真是假，上了飞机看看吧。

T 先生不再说话，一抬腿跨上副驾驶的位置，然后扭过头来等着。

马湘生轻轻一跃，敏捷地跨上飞机。

这个动作让 T 先生有些吃惊，虽然只是轻轻一跃，但就好像回家一样轻车熟路，没有驾驶过这种直升机的人不应该有这么熟练的动作啊！

这位美国陆航上校并不知道，马湘生飞过的机型多达 30 余种，其中包括美国的"黑鹰"，"休斯－530"，"贝

组建部队

尔"系列；法国的"云雀"，"小羚羊"，"海豚"，"松鼠"，"黑豹"，"超黄蜂"，"超美洲狮"；德国的"BO－105"；俄罗斯的"米－171"，"米－17"，"米－8"等，驾驶眼前这架"TH－28"，只是小菜一碟。

T先生有些刮目相看了。

马湘生跨进驾驶舱，扫视了一下眼前的设备，又碰了碰驾驶杆。

他凭多年驾驶直升机的经验和技巧，只要飞机一离地，他就能把这架新型直升机的杆量及惯量掌握得八九不离十。

飞机轰鸣着起飞了。T先生审视着马湘生的每一个动作，甚至每一个表情。

飞机刚起飞，马湘生就做了几个高难的悬停机动作，快速旋转，侧飞，后退上升转俯冲……

美国人开始一怔：没飞过，上来就搞这个，这不蛮干吗？

但是，这种"蛮干"却非常精彩。

飞机在空中连续稳定地做着各种技术动作。T上校仔细地看着马湘生熟练的操作，感受着飞机前所未有的流畅稳健，心中暗竖大拇指，脸上不时流露出满意的笑容。

最后落地是考核飞行员技术素质的又一个关键动作。落地标准是地面画有一个大圈，内有一个小圈，小圈中还有两条与轻型直升机滑橇一样宽窄的竖杠。

要将直升机的两个滑橇落在圈内，特别是精确地落在两条杠上，需要高水平的技术和丰富的操作经验。

马湘生在完成了一连串的高难技术动作后，落地动作轻盈利落，滑橇正压在两条杠上。

T上校高兴得手舞足蹈，拍着马湘生的肩膀大叫："Very good pilot（好飞行员)!"

马湘生驾驶这架飞机完成了令人眼花缭乱的各种动作，在展览会上引起了轰动。

组建部队

陆航学院进行严格训练

1999 年，江泽民作出指示，人民解放军全军再次裁减员额 50 万，继续深入贯彻共和国第二代领导人确定的质量建军的方针。

6 月 30 日，就在军队院校精简了四分之一的背景下，江泽民签署命令：

组建中国人民解放军陆军航空兵学院。

陆军航空兵学院成立大会也于当日在京举行。

10 多年来，陆航兵的这个新兵种不断发展壮大，成为一支现代高科技武装力量和完成急难险重任务的重要突击力量。

但是，它却急切地需要更多更好的人才。

新组建的陆军航空兵学院担负着为全军陆航部队培养初、中级指挥员和飞行员的培训任务。

它的组建标志着陆航人才培养跨入了一个崭新的发展阶段。

陆航学院成立后，为了给部队输送合格乃至优秀的指挥员和飞行员，陆航学院严把学员的"进口"和"出口"，并努力强化学员的各项学习训练，一批批陆战雄鹰从这里飞上蓝天。

从一名普通的军校大学生成长为合格的陆航飞行员，要经过苛刻的试飞体检，近乎"残忍"的体能训练，严格系统的基础学习，紧张的模拟飞行训练，紧张的单飞训练和一锤定音的毕业考核。

陆军航空兵飞行学员的选拔极为苛刻，需要经过多达100多项的身体检查，其中有些体检项目甚至可以用"恐怖"来形容。

进入体检中心的检查室，能看到一把怪模怪样的椅子。体检者系好安全带后，椅子便迅速旋转起来，一圈、两圈……六十圈。

转椅停了下来，体检军医让体检者起身走下椅子，让其立刻辨认出自己上椅子时的位置。这是检验抗眩晕能力。

在检测室，几位老飞行员递给体检者一组长长的数字，要求他在一分钟内必须背熟。接着，又递给他一组立体图画，要求其在两分钟内必须辨认出都是什么物体。

在检查平衡能力的考点，教员指令体检者左手拍皮球，右手同时写字。这个项目看似简单，但把很多人难住了。

组建部队

在检查注意力水平的时候，体检者要操纵一个屏幕上的小方框，牢牢地跟上屏幕上一个疯狂跳跃的光点，并且要持续一段时间才能达到合格的标准。

还有很多项目，看上去虽然简单，但要做好却十分

困难。正是通过这一次次近似苛刻的严格筛选，才保证了进入陆航学院的学员个个都是素质极高的可造之材。

飞行学员的体能训练可以用"残忍"来形容。在体能这一关，陆军航空兵飞行学员的淘汰率达到10%。

体能训练主要是为了使学员具有强健的体魄，增强灵敏性、协调性，以便更好地适应空中作战。

3000米跑锻炼学员耐力，100米加速跑锻炼学员的爆发力和反应能力，单双杠锻炼学员的上肢力量和协调能力。

综合训练场上，飞行学员在限定的区域和时间内，先做30个杠铃推举和30个仰卧起坐，再来30个深蹲起立，紧接着是30个直膝跳，最后是4个25米往返跑。

这是根据飞行的特殊需要制定的一系列体能强化项目，学员们习惯称之为"混合小五项"，这是飞行学员必过的体能关，也最有特点。

它看似简单，其实训练场上项项都是难"啃"的"硬骨头"。

强化训练期间，飞行学员每天要在20分钟内跑完5公里，30分钟内完成1500米游泳，4分钟内完成4个400米，最后还要有4个100米冲刺和100个俯卧撑。

训练时最容易出现体力透支或中途败北，因此必须具备扎实的训练基础。

学员陈伟原先有些害怕"混合小五项"，训练中由于体力不支曾摔倒在跑道上，而当时正值专业预选关键阶段，于是，他给自己立下"军令状"：

　　　　宁掉几斤肉，不过该关誓不罢休。

　　通过开"小灶"，加班加点练，他的身体素质明显提高，考核时顺利通过了"混合小五项"这道关卡。

　　飞行学员体能训练还有一个特色项目，即"活动滚轮"、"活动旋梯"。

　　在滚轮和旋梯上，要求学员一分钟正转 20 圈，反转 20 圈。学员们还要进行俯转、坐转、仰转、立转、侧转……好多人从活动滚轮上下来之后，都蹲在旁边站不起来。

　　旋转，是横在飞行学员面前一道难以逾越的"鬼门关"。模拟飞行器在立体空间的飞行，对人体的动态平衡能力要求很高，而抗眩晕训练是飞行员体能训练中的重要课目。

　　通过这项训练，可以模拟飞行加速度，锻炼学员的抗眩晕能力，培养他们沉着、果敢、机智、灵活的训练作风，提高学员灵巧和稳定的操纵能力，这个项目最富有挑战性。

　　在谈及学习训练的点点滴滴时，飞行学员们都有这样一段记忆：从楼上宿舍下楼，大家都是扶着栏杆倒着一步一步往下挪，正常走路根本不可能，吃饭手拿不起筷子。

组建部队

学员牛超说：

要想成为一名真正的飞行员，前面还会有一道道难关等着我们去跨越。

但不管有多难，都不会影响我们当初选择飞行的决心。

与艰苦的体能训练相伴的是严格的系统理论学习。

在飞行员的成长过程中，基础理论学习是非常重要的一个环节。

除了高等数学、机械物理、计算机、英语、理论力学、电工学等基础课程，还要学习空气动力学、飞行原理、导航、气象等飞行专业课程与轻武器射击、队列等军事课目，心理学、法学等相关课程。

就连篮球、音乐指挥和乐器演奏这些看上去跟飞行没有太多关联的课目，他们也需要学习。

对此，有教员解释说：

与所有飞行器一样，直升机有着非常复杂的操作系统，而且在执行任务中，经常会遇到在无导航条件下起降、在陌生地域起降等特殊情况。

这些对飞行员个人综合素质要求很高，飞行员学习音乐指挥、篮球等内容，可以帮助提高飞行员的逻辑思维能力、心理调节能力和身体协调能力。

从飞行学员到真正的飞行员，要经过多道"关卡"。其中，模拟飞行训练是非常重要的一关。

第一次穿上天蓝色的飞行服，戴上耳机，跨进直升机"飞行舱"，面对眼前陌生的按钮和仪表，很多学员都感到不知所措。

在新型直升机模拟驾驶舱狭窄的空间里，密密麻麻地安装了23个各式仪表，60多个电源开关，令人眼花缭乱。

模拟器可模拟直升机发动、开车、加油、提杆、起飞、爬升等飞行的全过程。

蓝天、白云、绿地、村庄、山梁、河流……在宽大的屏幕上能逼真地显现出来。

在模拟训练中还可以设置特情或出现"事故"，让飞行学员独立处置情况。

经过将近15个小时的模拟训练，学员们才能顺利通过关口，拿到飞向蓝天的"通行证"。

顺利完成模拟训练之后，飞行学员进入单飞训练阶段。他们终于要驾驶直升机飞上蓝天了！

然而，这可不是那么容易的。

新型直升机座舱内有数百个电门和按钮，使用程序非常复杂。为了尽快熟悉，学员们坚持每天默画一张座

舱图，并将座舱挂图贴在墙上、床上，一有空就对着比画，反复练习。

每次座舱实习时，学员们都要闭着眼睛把所有电门、按钮摸上几遍，定位置、找感觉。

提到自己的第一次单飞训练，已经在陆航某团服役的龚剑说：

> 坐在我身边的教员不停地提示着速度、高度、升降等基本参数，我紧张地按照教员的指导和飞行计划对航线进行调整修正。对于我们来说，第一次单独驾驶直升机飞行时除了紧张没有其他任何感觉。

在经历了千难万阻之后，最后的考核如期而至。

当太阳驱散了最后一缕晨雾时，飞行学员们携带飞行包，身穿飞行服，脚蹬飞行靴，排着整齐的队形，迈着整齐的步伐，来到机场，参加一锤定音的考核。

一架架新型直升机列阵机场，静静地等待着它们的驾驭者。

学员们沉着地跨进了新型直升机的驾驶舱，教员帮他们检查好安全带。

他们熟练地打开各种设备进行飞行前的最后检查，调试、通电、开车……

"砰！"一枚绿色信号弹腾空而起。

指挥员下达指令："起飞！"

学员们快捷地顶杆、松杆、提油、蹬舵……一系列连贯动作瞬间完成，战鹰跃然而起。

学员们驾驶着直升机轻盈地在空中飞行，干净利索地完成了悬停起落、仪表操作、双机编队等飞行课目。

考核一直进行到 17 时，学员们在完成了两个机型和三种气象的测试后，顺利通过。

此时，他们已经成为合格的陆航飞行员。但要成为勇猛的"陆军之鹰"，他们都还有很长的路要走。

组建部队

飞行学员一次单飞获成功

2005 年春天的一个上午，在川南某地的飞行训练团的机场上，薄雾淡裹。一架架新型直升机列阵机场，静静地等待着我陆军航空兵新一代大学生飞行学员。

为了提升飞行员的素质，解放军陆军航空兵与各高等院校合作，采取"2＋2"的模式培养新一代陆航飞行员。

学员们先在普通高等学校完成两年学业，然后被选拔到陆军航空学院，再进行两年航空理论学习和飞行训练。

通过这个模式培养出的学员，飞行训练团领导非常满意。望着整装待发的学员队伍，某训练团杨明龙政委脸上露出了满意的笑容。

这些精干的小伙子们给他留下了很好的印象。他们文化基础扎实，思维敏捷，理解能力强，个个能用电脑编程、能用航空英语进行空地通话。

在训练团，他们非常刻苦，完成了多种新型直升机在复杂气象条件下的飞行训练。他们善于带着问题学飞行，自主地拓展学习范围和深度，能从技术型飞行员向复合型飞行员发展。

这天的飞行是对他们的飞行技术进行毕业考核，杨政委从心眼里期望他们都能过关。而学员们也憋足了劲，他们心里非常明白，这既是对他们飞行技术的考核，又是一次充满挑战的考验。

9时15分，随着指挥员"登机"的口令，飞行学员们沉着地跨进了新型直升机的驾驶舱，熟练地打开各种设备进行飞行前的最后检查，紧接着，调试、通电、开车……

"砰！"9时17分，一枚绿色信号弹腾空而起。

"07，起飞！"副团长程新广下达了飞行学员毕业考核的第一道指令。

飞行学员宋磊快捷地顶杆、松杆、提油、蹬舵……一系列连贯动作瞬间完成。

直升机跃然而起，直刺北方。机群紧随其后，依次升空。

07号战鹰忽而疾驰远遁，忽而悬停低空。

宋磊头戴耳机，手抓操纵杆，全神贯注地驾驶着直升机，面色冷静而果断。

机舱外，一架架直升机铁翼飞旋，错落有致，在蓝天白云间轻盈如蜻蜓一般滑过绿色的山峦、银白色的河流。

突然，由飞行学员苏亮驾驶的08号直升机先是一个漂亮的俯冲，紧接着又是一个快速的倒飞，似凶猛的猎鹰在一次闪击之后的远遁。

"飞得好！"耳机里响起塔台指挥员的赞扬声。

组建部队

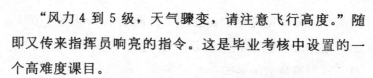

"风力4到5级，天气骤变，请注意飞行高度。"随即又传来指挥员响亮的指令。这是毕业考核中设置的一个高难度课目。

只见苏亮一边镇定自若地向塔台报告飞行的各种参数，一边迅速调整飞行姿态。1分钟后，他顺利地闯过了难关。

随后直升机急速穿行在薄雾间，向着远处飞去。

不知不觉，已是12时30分。

一架架直升机在天空中画出一道道优美的弧线，依次对准机场跑道稳稳落下。

"好漂亮的三点式！"

在场的官兵对飞行学员干净利落的着陆动作鼓掌叫好。

飞行学员们列队走下训练场，脸上洋溢着喜悦的笑容。

今天空中弥漫着轻雾，气象条件不是很好。但飞行学员们动作到位，空域飞行、空中悬停、野外场地起降等飞行课目完成出色。

塔台指挥员林波对这批大学生飞行学员的表现非常满意，连声称赞，"能飞出这样好的技术水平很不容易"。

与此同时，在千里之外的陆军航空兵学院某训练场，一架架新型直升机在机场跑道尽头一字排开，静静地等待着……

在飞行教员的带领下，一个个大学生飞行学员跨上战鹰，戴好头盔，拉上座舱门。

10 时 10 分，一颗绿色信号弹腾空而起。

指挥员李全利发出"准备起飞"的命令。

只见大学生飞行学员们快速地松杆、加油、提杆……一架架战鹰依次呼啸而起，直刺蓝天。

第一个飞上蓝天的是来自湖北武汉的陈立武。

按照教员平时带教的套路，他利索地完成起飞、跃升、掠地飞行、下滑等一连串动作。

紧接着，15 名飞行学员全都一次单飞成功。

10 多架红蓝相间的国产新型直升机，在蓝天白云中翱翔，一会儿编队飞行，一会儿低空盘旋，一会儿急速飞行……

飞行教员牛佳看到学员们能飞出这么好的水平，不由得称赞："初次单独飞行，就这么出色，我给他们打 90 分!"

为了能在规定时间内完成航空理论、地面准备、体能训练等学习任务，大学生飞行学员们克服了种种困难，顶烈日、冒严寒，苦练基本功。

从飞行数据背记到实施方法程序演练，从设备使用方法到座舱实习，从安全预想到技术研究、特情处置方法等，每个环节都要经过千百次的重复。

飞行前的一次次地面实习，使他们对直升机有了初步了解，座舱设备使用、开关车方法等都烂熟于心。

让人们很难想象的是，就在一年前的此时，眼前这

组建部队

些熟练驾驶直升机的小伙子们才刚刚走出学校大门，经过短时间的加钢淬火，就能飞向蓝天，一展英姿。

不久的将来，他们会成为陆军航空兵新一代飞行员，驰骋蓝天捍卫祖国的领空。

二、 刻苦练兵

● 直升机贴着树梢飞过树林后，陡然爬升，从空中准确发射导弹，数道火光撕破黑夜，"蓝军"工事顿时淹没在火海之中。

● "他们能到吗？"一个军人担心地问。

"看他们的本事了。"另一个军人说。说话间，呼出的气在面前变成了白雾。

● 驾驶舱里，射手们把视线投向稳瞄系统的荧光屏上，当目标被锁定后，他们轻轻地撳了一下射击按钮。霎时，只见导弹呼啸而出，数千米之外的装甲车辆顿时化作一团烟雾。

陆航兵练就超低空战技

海湾战争之后，中央军委把一批批相关资料下发到了各个战区，北京军区第三十八集团军直升机团也接到了这样的资料。

电影放映室里，变幻的光影在将星上掠过，一群挂着将官衔和校官衔的军人们脸上显得阴晴不定。

银幕上，一批武装直升机悬停在树林后面，等待出击。远处，正腾起装甲集群的黑烟。

武装直升机一跃而起，飞过树梢后又掠地飞行，利用起伏的地形迅速隐蔽地接近装甲集群。

装甲集群浑然不知，依然高速开进，仿佛是第二次世界大战时的德军铁流重现。

突然，空中出现了数十架武装直升机，悬停发射反坦克导弹，装甲集群里立刻火光阵阵，浓烟滚滚，炮塔被炸飞，履带被炸断，车辆被掀翻。钢铁洪流似乎遇到了烈火的堤坝，被齐整整地熔化了。

音箱里播放着总参谋部编写的解说词：

现代战争是立体攻防的高技术战争。陆军航空兵作为一支新型兵种加入现代战争，深刻地改变着战争的面貌。传统的依托有利地形构筑防御阵地的线式作战已陈旧过时，高技术条件下的非线式作战、机动作战、立体作战、联合作战等正成为现代战争的主要作战样式。

这时，画面一转，一个伊拉克老农站在一架武装直升机的残骸上，高兴地挥舞着手中锈迹斑斑的毛瑟枪大喊："我打下了这架飞机！"

这时，背景音响起：

　　海湾战争中，伊拉克军队采用阿富汗战场上使用的伏击的战法，在美军航路上调集数千军人用步枪集火射击，在美机预定航路上形成弹幕，击落美军装备中最先进的阿帕奇武装直升机……

画面再次切换，从残破的贫民窟里飞出的火箭弹击中了在空中悬停的"黑鹰"直升机，直升机旋转着、呼啸着、燃烧着坠向地面。

背景音再次响起：

　　美军派出的"黑鹰"直升机在悬停攻击地面武装时，遭到武装人员的火箭弹袭击。机载的特种部队全部牺牲……

刻苦练兵

放映室的灯亮了，军官们的脸上显出复杂的神情。海湾战争给了他们太多的启示。

在会议室里，军官们重复着这样一个词："一树高。"

在未来战场上，直升机的生存空间越来越小，要用好这"一树高"的作战空间，平时就要练就一手过硬的功夫。飞行高度5米，速度每小时180公里，掠地飞行。

必须改变战法，这是军官们的又一个共识。我军不可能像美军那样在装备上花费巨资进行硬防护，只能在战术和战法上想出"软防护"的办法。一个个新战法、新思路从人们的脑袋里跳到了会议桌上，又形成了文件，随后下发部队。

把悬停攻击"先瞄后打"的战法改为在运动中"先打后瞄"，减少导弹攻击准备时间的一半，大大减少了直升机因暴露时间长而易遭打的危险。

把百米高跃起攻击改为10米以内超低空掠地进入攻击，把全团60%的飞行员都训练成合格的"超低空杀手"。

采取"7机超低空掠地飞行密集混合编队"，即7架直升机以不足5米的高度从敌人眼皮底下冲到目标前，接着快速跃升到50米，然后俯冲、开火，用10秒钟的时间消灭目标。只有在这样短的时间里，敌人的防空火力才不能发挥作用。

短短10秒，其中包含的新思想、新战法、新战术、新技术都惊人，其难度也是惊人的。

7架武装直升机以5米的高度、相互二三十米的间距，高速一起往一个目标飞，然后一起发起攻击。

想一想，高速公路上还要求汽车保持100米的距离呢，何况是飞机！

战争从来不讲条件。面对扑面而来的危机，陆航团的官兵们上下一心，团结一致，苦练加巧练，顶烈日，战严寒，斗风沙，抗雷雨，一个个飞行数据出来了，一个个新战法出来了，陆航团的官兵们终于练成了低空必杀的绝技。

一天，某高速公路上的一辆货车正在高速行驶，司机突然发现，几架直升机突然从后面追了上来。直升机低空掠过车顶，然后又兜回来再次掠过。还有几架直升机在汽车两侧"伴飞"，里面的飞行员还礼貌地向他敬了个礼。

司机有些蒙了，这是干什么呀？他想起了外国电影中直升机追车的场面，立刻担心起来："莫不是要抓我吧！"看到一架直升机飞到汽车前又突然倒飞，好像要攻击的样子，司机连忙把车停到了紧急停车带。

看到汽车停了下来，直升机的飞行员似乎有些惋惜，悬停在空中，向汽车沉了沉机头，然后飞走了。司机更加奇怪了，好像不是要抓人的架势，倒像是在敬礼。

司机不知道，这是直升机的飞行员在练习低空战术。这辆汽车有幸成为了他们的靶子。飞行员们用陆航特有的礼节，机头沉3次，向司机的陪练表示感谢呢！

刻苦练兵

在代号为"北剑 2005"的军事演习中，陆航团的战鹰终于一展身手。

直升机利用地形隐蔽飞行，沿着战场边缘进行超低空飞行，在空旷的草原上隐蔽接"敌"。

尔后，远距离发现坦克烟雾，派单机贴地 1 米飞行，侦察坦克的数量，进行攻击标位。

最后，出动武装直升机进行战术飞行、攻击飞行，"敌"军目标在运动中被消灭。

整个攻击过程不到 10 秒钟。

看到陆航直升机的出色表现，那晚观看资料片的军官们，终于松了口气。

参加检验性军事演习

1996 年深秋的一天，在北京东郊某地演习场上，主席台上来自全军各地的高级将领会聚于此，观看中国人民解放军陆军航空兵进行的一场前所未有的检验性大演习。

演习就在机场宽阔的上空进行。中央军委领导坐在主席台上，他们将亲自检阅演习。此外，还有不少党政军各界人士应邀到现场进行参观。

晨雾还在山谷中徘徊，天边隐隐约约有几丝阳光从厚厚的云雾中投向地面，衬托着灰蒙蒙的地平线。展现在人们视野中的一切充满着神秘的色彩。

10 时，指挥台上发出了 3 颗绿色信号弹，演练开始。

随即，一阵轰鸣声伴随着信号弹的弧线由远而近。天际线上，一个小黑点疾驰而至，紧贴着地面向主席台飞来。

只见它突然一个漂亮的悬停机动，人们终于看清了，这是一架担任指挥任务的直升机。

担任今天汇报演习空中总指挥的指挥员，就在这架直升机上进行空中编队和具体飞行动作的指挥。直升机飞到主席台附近后悬停，机头下沉又抬起 3 次。

喇叭里传出解说员嘹亮的声音：

我们国家自己生产的"直—9"型战斗直升机。它正在用陆航部队特有的礼节,向各位首长和来宾致以陆航人的敬意。

"哗……"人们由衷地向它报以热烈的掌声。

这天的演习,由我们国产的"直—9"直升机打头阵,来自全军的陆军直升机部队共同组成一个空中分列式,接受首长的检阅与各界人士的参观。

紧接着,右边天际传来一片轰鸣,一眼望不到头的直升机编队分别超低空、低空、中空呼啸而过。

最先飞临的第一梯队是灵活精致的轻型武装直升机,它们擦着地面轻声掠过。

紧跟着的是外形像海豚一样漂亮的"直—9"武装直升机,声音也渐渐震耳,这种飞机最明显的特征是尾桨包在圆形的尾中。

到了"黑鹰"飞临时,轰鸣声变得沉重起来。"黑鹰"全身漆黑,看上去像一只滑行的秃鹰,在西藏世界屋脊地区飞行,被藏民称为高原上的雄鹰。

其后飞过的是一些各种型号的重型直升机,声音最沉重,外形也巨大,属于直升机中的巨人。

在眼前这蔚为壮观的机群里,配有先进的电子通信指挥设备,能够指挥战区陆军部队作战的指挥直升机;有专门为"战争之神"炮兵指示目标的炮兵校正指示直升机；有满载高精度的电子设备，专门进行电子战的电子战直升机；有专门进行运输作战兵力的运输直升机；还有专门追杀坦克的反坦克武装直升机。

编队过后，空地一体战术攻击展开。远方笼罩在淡淡烟雾中的一行行树林背后，是"敌人"的阵地。

一阵阵爆炸声扬起的团团红色烟雾在空中散开，表明这是"红蓝军"正在对抗的战区。

首先是担任侦察任务的直升机出场。它从右上方飞临战区，将战场地面的情况清晰地传回指挥所的电视屏幕上。

这种直升机上装有先进的照相侦察设备，同时与这种设备相连接的还有一种高科技的空中地面传送系统，能够保证侦察直升机的侦察情报及时准确地传送到作战指挥员的指挥台上。

未来战场的范围将更加广阔，仅仅依靠传统的侦察兵抓"舌头"已难以完成侦察任务。充分利用直升机的机动范围大、机动速度快的特长，就可以对战场上的发展变化情况了如指掌，让作战指挥员能够编制正确的作战计划，实施正确的作战指挥。

喇叭里再次响起解说员嘹亮的声音：

刻苦练兵

　　各位首长来宾们请看大屏幕：现在屏幕上
　　展示的是刚刚由侦察直升机传回的战场图像。

主席台上的首长和来宾们扭头观看，只见"敌方"阵地上堑壕、路障毫发毕现。

现在展示的是红外侦察装置传回的画面。

大屏幕上，彩色的画面变成了绿色，一个个耀眼的绿色光影在晃动，可以看出，那是步兵，那是火炮，这是坦克，还有指挥所……

"哗……"主席台上再次响起潮水般的掌声。

侦察之后便是电子战直升机出场。这是一种我国自己改装的电子战直升机。直升机还投放出大量的锡箔片，这些锡箔片在空中像无数小星星一样闪闪烁烁，上下翻舞。

就在解说员讲解的时候，喇叭里突然传出一阵刺耳的杂音，大屏幕上的图像先是变形，紧接着就变成了一片雪花。这样的情况持续了10多秒钟。

就在人们迷惑的时候，一切又都恢复了正常。解说员说："这是电子侦察机展示的电子干扰效果，请首长和来宾们不要惊慌！"

"噢……"主席台上人们露出了开心的笑容。

10时15分，机降突击开始。

在演习地区上空，一架架的武装直升机朝着预定的空降地区飞去。直升机机群从空中斜刺而下，对"敌"阵地进行密集的火箭攻击，然后迅速拉起。顿时，火箭爆炸的烟雾淹没了"敌"方阵地,"敌"阵地顿时化作了一片火海。

转眼之间,陆军直升机机降部队的主力机群已经出现在空降地区的上空。一架电子干扰机在不断地施放红外诱饵弹,其目的显然是为了对付"敌人"的红外式导弹攻击,以保证我大批机降部队的安全着陆。

主力机降部队已经开始机降了,此时的各种作战保障行动也进入了高潮。

武装直升机不断地以火力进行掩护,特种作战直升机发射化学烟幕弹,以掩护机降部队的行动安全。

空降顺利地完成,部队快速地集结到预定的作战地区,形成了向"敌人"发起进攻的态势。

这时候,最能代表陆军航空兵作战能力的反坦克武装直升机出现了。

一架架编队的反坦克直升机,分别扑向自己的攻击目标,只一会儿工夫,"敌人"的坦克和装甲车辆便化成了一堆废铁。

与此同时,为保障我机降部队作战地区的侧翼安全,空中布雷直升机展开了行动。空中一个个天女散花般下降的地雷,形成了一个高密度的雷场。

为了进一步增大这种安全的可靠性,大型的运输直升机同时还吊装了机动火炮前往防御地区,形成了一道道坚固的铜墙铁壁。

刻苦练兵

陆航兵夜战演习创佳绩

21 世纪初的某个冬夜，当夜幕笼罩了连绵起伏的燕山山脉，寒风吹过寂静的山林，送来阵阵马达低沉的轰鸣声。

转瞬间，战机轰鸣，铁翼飞旋，4 架"红军"武装直升机长途奔袭而至。

直升机贴着树梢飞过树林后，陡然爬升，从空中准确发射导弹，数道火光撕破黑夜，"蓝军"工事顿时淹没在火海之中。直升机掠过火海，又消失在茫茫夜色中。

"红军"成功突袭"蓝军"阵地，悄然返航。

这是总参陆航某团进行的直升机夜间训练。此时，坐在大屏幕前的"红军"指挥员还是不敢掉以轻心。这次演习没有预案，导演部只是简单地说，"红军"进攻，"蓝军"防守，怎么打，双方自己看着办。

果然，导演部传来消息，"红军"突袭的是假目标，判定进攻失败。

"通知'蝙蝠'，小心埋伏！"指挥员判断，"蓝军"想转守为攻。

数分钟后，埋伏好的 4 架"蓝军"武装直升机从山谷中起飞，从侧面咬住了"蝙蝠"。机腹下火光闪闪，一枚枚的导弹飞袭而至……

"红军"直升机立即规避、攻击、拦截、突防，180度掉头、80度大仰角跃升、低空飞掠……

"红军"攻守自如，在空中做出各种复杂的高难度动作，使"蓝军"的偷袭难以得逞。

导演部里，观战的集团军首长露出满意的笑容："好，不拘泥于命令，防守的主动进攻，进攻的不忘记防御，打得很好啊！"

第一个回合的较量，"红军"初战告捷。

"蓝军"指挥员盯着电子显示屏，"蝙蝠"正欲远遁。他大手一挥："占了便宜就跑，哪有那样的好事。第二波，出击！"

夜空中，"蓝军"第二梯队隐蔽出击。

与此同时，带队的"蝙蝠"队长也知道，虽然摆脱了"蓝军"的埋伏，但还没跳出对手的"手掌心"，前面肯定还会有埋伏。

"掠地飞行！"刚刚突出"蓝军"重围，驾驭"红军"长机的副团长李存根向其他机组发出命令。他决心利用低空的雷达盲区躲开"蓝军"的搜索，以便突出包围。

李存根压下操纵杆，直升机突然侧转 60 度急速下滑，几乎垂直扑向大地……就在直升机快要触地的一刹那，机身轻轻一抖又恢复了水平飞行。

仪表盘显示：飞行高度 8 米，速度每小时 160 公里。转瞬之间，他身后的群鹰也迅速降到 5 米至 20 米高的空

刻苦练兵

域掠地飞行。

"'红军'编队消失!"参谋紧急向"蓝军"指挥员报告。

"蓝军"指挥员看了一眼雷达屏幕,大声说:"把最后的位置显示出来。"

立刻,对面墙上的电子显示屏上显示出"红军"的最后位置。"蓝军"指挥员凝神思考,举起铅笔作为标尺,眼睛目测,心里计算。

不一会儿,他拿起话筒:"第二波,转向3号地区设伏。"根据航路、航速和地形,"蓝军"指挥员准确地判断出了"红军"消失后的位置。

"红军"指挥塔台内,飞行指挥员正全神贯注地盯着指挥工作台前显示战场态势的电子屏幕。忽然,显示屏上显示:"蓝军"武装直升机正从侧后方直逼"红军"机群。

"发现目标,方向正东。"接到命令后,"红军"01号、03号直升机施展一个双机跃升,短短10多秒钟就达到攻击高度,尔后双机180度掉头,在空中打了个滚,又一起沿刚才拉起的航线大坡度俯冲,如雄鹰扑食般直击来犯之"敌"。

在01号和03号机的掩护下,"红军"长机一个干净利索的"倒转",灵巧地躲过"敌"机,随后一个漂亮的大坡度侧飞,绕到了"敌"机右侧,捕捉、锁定、发射、命中。3架"蓝军"战机要害部位的中弹指示灯随即亮起。

"目标锁定，请求攻击。"

"发射！"随着指挥员一声令下，两枚导弹像两条火龙直刺"蓝军"02号战机。

正在"红军"3架战机与"敌"惨烈厮杀之时，一度被"蓝军"02号战机咬住而身处险境的"红军"04号战机，抓住时机给"敌"以致命打击。

在夜幕下，逼真的实战背景，多样的战法，娴熟的飞行技巧，在空中交织成一幅雄壮的立体演兵图。

23时30分，战鹰归航。导调显示屏上的数据显示："蓝军"武装直升机毁3架、重伤1架，"红军"武装直升机轻伤1架。

导演部里，集团军首长没有批评"蓝军"指挥员，相反却夸奖他说："战法得当，判断准确。虽然有损失，但寸土未失。作为防守一方，是胜利的。"

对"红军"指挥员，集团军首长语重心长地说："贪功冒进，使精锐部队身陷重围，如果不是部队素质过硬，你们将彻底失去再战的机会。"

"蓝军"指挥员对"红军"指挥员说："你们的部队真不是吹的，愣在我的阵地上杀出了长坂坡！"

"红军"指挥员说："输了就是输了。我们'博望坡'见。"

刻苦练兵

陆航兵训练抗电子干扰技术

天山山谷，阳光照在晶莹的积雪上反射出耀眼的白光。几个披着白色伪装的军人趴在雪地里，透过护目镜向天空搜索。

按照上级部署，当新疆陆航某团的直升机编队飞到这里时，他们将发出电子干扰信号，实施电子拦阻。

"他们能到吗？"一个军人担心地问。

"看他们的本事了。"另一个军人说。说话间，呼出的气在面前变成了白雾。

这次训练非比往常。过去组织野外起降课目训练前，都要事先勘察选点，在易于起降的场地上插上红旗，再告知精确的经纬度，飞行员据此就可以飞抵起降地点。如今，军区颁布的新的训练大纲打破了这个规矩，既不事先选点，也不做任何标记，让飞行员独立搜索选择起降点。

在按照新大纲施训中，部队从实战角度出发，设置逼真的训练环境，一改过去在规定的航线上重复进入、拉起、俯冲，按规定动作飞行的做法。增加了穿越山谷、抗电磁干扰、规避雷达跟踪等多种战术背景，不仅夯实了飞行训练基础，还穿插进行了新增加的选训飞行课目训练。飞行员们把每一个飞行场次都当作实战，效果大不一样。

"来了!"军人们看到天际线上,出现了几个黑点。很快,数十架直升机铁翼飞旋,巨大的轰鸣声几乎要把耳膜撕裂。他们立刻钻进早已挖好的隐蔽部。

驾驶舱内,机长王厚国在地图上标定了此次飞行训练的第一个野外起降点,对着头盔上的送话器向指挥部报告:"到达指定地点。"

飞机抵达山谷深处一个陌生地域,巨大的旋翼卷起狂风,吹得积雪四处飞溅。

片刻,直升机再次腾空而起,实施第二个训练课目:超低空突袭。

空中气流变幻莫测,飞机剧烈颠簸。

地面上,隐蔽的军人按时启动了电子干扰信号发射器,一张无形的电磁大网扑向直升机编队。

王厚国正按照电子地图的数据指挥编队,突然,耳机里响起一片杂音,机载无线电台通信中断。紧接着,仪表板上的卫星定位系统也瞬间失灵,GPS全球定位信号传输中断。

透过机窗,他看到邻机的驾驶员着急地向自己打手势。

刻苦练兵

"真够狠的!"王厚国意识到,飞机遭遇了来自地面电子对抗分队的强电磁干扰。

"严密监视地平仪,转入仪表飞行!"他一边沉着指挥,一边启用备用频率尝试与相邻机组联系。

　　对于这一手，在起飞前各飞机就做好了应急预案。很快，临时空中通信网开始发挥作用。

　　"目标已进入攻击区域，开始突袭！"

　　刹那间，飞机紧贴绵延起伏的山体超低空飞行，旋翼擦着悬崖飞，并择机对地面目标实施超低空突袭打击。

　　"上升高度，保持飞行速度和间距。"两分钟后，直升机群完成超低空突袭，穿云破雾飞出山谷。

　　看到直升机顺利地完成了攻击任务，地面上的军人钻出雪窝子，高兴地说："陆航兵的弟兄们真不是吹的！"

陆航兵苦练立体打击能力

2001 年初夏，南京军区在某地进行了一次跨兵种联合军事演习。陆航某团驾驶新型直升机承担了战地输送、战场侦察和低空打击等多重任务。

从 1997 年 11 月开始组建，南京军区某陆航团作为南京军区第一支担负应急作战任务的陆军航空兵部队，先后 28 次出色地完成了各种艰巨任务，被解放军总部评为一级军事训练单位。

演兵场上，空军在夺取战场制空权后，首先出动"强－5"等对地攻击机对"敌"地面防空火力实施压制，发射反辐射导弹摧毁"敌"多处雷达阵地。在渗透到"敌"后的特种部队的指示下，"飞豹"飞机攻击发射的激光制导炸弹准确命中目标，摧毁了"敌"军的指挥控制中心。

"敌"军在备用指挥系统的指挥下，出动坦克群实施反冲击。

陆航某团首先出动布雷直升机，在"敌人"装甲集群前进道路上抛撒地雷。几架直升机飞跃战场，数千个白色伞花绽放，缓缓落在数平方公里的地面上，这片地区成了不可逾越的"死亡地带"。"敌军"的装甲冲击被暂时阻止了。

刻苦练兵

这时,陆航某团的反坦克直升机登场了。

只见数十架武装直升机突然临空。驾驶舱里,射手们一改往日的目视,把视线投向稳瞄系统的荧光屏上,当目标被锁定后,他们轻轻地揿了一下射击按钮。霎时,只见导弹呼啸而出,数千米之外的装甲车辆顿时化作一团烟雾。

"敌"军出动了伴随装甲集群行动的自行防空火炮,对武装直升机实施打击。

直升机群立即实施规避,并打出烟雾弹和红外诱饵弹,实施电子干扰,使"敌"军弹炮一体的自行高炮失去了目标,发射的导弹偏离目标。

紧接着,侦察直升机呼叫远程火力对"敌"军自行高炮实施打击,驾驶员不时向炮群发出目标坐标,矫正炮兵射击。

轻型装甲步兵战车群在炮兵和陆军航空兵的配合下,击溃了重装甲集团的进攻。

与此同时,数架"米-8"直升机飞出山谷,在一块狭窄的平地上单轮悬停,数十名全副武装的士兵一跃而下,突然出现在"敌"军的备用指挥所,"敌"军的指挥所被歼灭了。

一场现代空地协同实施立体打击的全景图收起之后,人们发现,从指挥所里走出的既有佩戴空军标志的指挥员,也有佩戴陆军标志的指挥员,他们在同一个指挥所里指挥了这场空地大协同打击。

面对日新月异的世界军事变革，南京军区某集团军领导决心将部队真正锤炼成一支合得上、打得赢的部队。因此，集团军领导把空军、陆军和陆航的指挥员们叫到一起，练协同，练谋略，练胆识，共同制订训练方案和作战方案。

基层部队为了实现集团军的这个部署，夏练三伏，冬练三九，行动精确到秒，责任落实到人，打击精确到厘米。

为了实现无缝隙连接，空军学习陆军的条令条例，陆军学习空军的技术战术，陆航学习炮兵的业务知识，做到了各协同部队熟悉彼此的业务，真正做到了合得上。

"三伏"时，练兵场上的地面温度接近40摄氏度，装甲车的钢甲上可以煎鸡蛋，车厢里更是比桑拿房还要闷热。陆航团的官兵们在直升机上一坐就是10多个小时，个个汗流浃背，汗水湿透了飞行座椅。

"三九"时，空中比地面更加寒冷，飞行员们却练得满头大汗，下飞机时一摘飞行头盔，脑袋上立刻雾气腾腾……

通过艰苦的磨炼，陆航团的官兵们终于实现了集团军的部署，成为空地协同实施立体打击中的中坚力量。

刻苦练兵

陆航兵零高度越海飞行

仲夏时节，我国南部沿海某地，广州军区陆航某团正在做超低空攻击训练。

海面上，狂风掀起巨浪，浓云紧紧地压在海面上，攻击航线上乌云密布，天空能见度仅 800 米。这是一次复杂气象条件下的飞行。

只见 9 架迷彩战鹰突然从海涛中"踏浪"而出，以迅雷不及掩耳之势，向"敌"前沿指挥所和雷达阵地发起猛烈攻击。

陆航某团驾驶员李波驾驶飞机超气象起飞。他沉稳地驾驶直升机穿云层、避雷区，迅速进入攻击空域。

突然，一阵狂风吹来，云层被撕开一个口子，李波抓住这转瞬即逝的战机，锁定目标，按动电门，反坦克导弹呼啸而出，地面上的坦克靶顿时灰飞烟灭。

此次训练，李波创造了长距离带弹飞行、载弹量最多、精度最高等三项全军纪录。

在一次诸军兵种海上联合作战演练中，上级命令：直升机分队突袭"敌"指挥所。

李波奉命率领编队迅速出航。为了避开雷达搜索，直升机掠海飞行。飞机不断降低高度，200 米、100 米、50 米……

观摩演练的军官们看着海面上直升机的高度一点点往下降，心也跟着往下坠。

　　最终，李波将直升机高度控制在 5 米到 10 米之间，贴着海面滑行。海天一色，波涌浪连，没有固定的参照系，稍有不慎，就可能迷航坠海。

　　李波和机组人员沉着机智，开辟了一条避开雷达搜索的低空通道，创造了海上超低空飞行的新纪录。

　　广州军区某陆航团采取 24 小时滚动训练法，开展午夜飞行、拂晓飞行等训练课目，从难从严锤炼飞行员的连续作战本领，部队具备了全时段出动、全方位出击的机动作战能力。

刻苦练兵

陆航兵实施敌后突袭训练

烈日炎炎，济南军区某陆航团机场战机轰鸣，铁翼飞旋。

一架架运输直升机在低空盘旋，找准时机投放突击队员；武装直升机从高空准确发射火箭弹，将"敌"工事一一摧毁；侦察直升机在远处观察战况，通过与指挥中心联络，迅速实施现场侦察和指挥……

空中铁翼配合地面部队，很快将"敌"阵地拿下。逼真的实战背景，多样的战法，娴熟的飞行技巧，构成了一幅空中铁翼立体出击的壮观场面。

空降不差分秒，演练的课目是武装直升机偷袭"敌"机场。

武装直升机利用复杂天气隐蔽掩护，采取低空和超低空突防，在"敌"后实施机降，运送特遣分队直插"敌"后破袭重要目标，是现代战争中一种常见的突袭样式，被形象地称为是战场的"外科手术"。

这种战法对整个行动的每个环节都有非常精确的要求。飞行员们经过反复演练，探索出利用拂晓、黄昏、暗夜等不良气候，巧妙避敌，采取多点快速准确的着陆方式，配合地面特遣分队对"敌"突袭的各种本领。

深秋一个漆黑的夜晚，6架武装直升机按时起飞了。

这次飞行完全是在雷达搜索不到的盲区。

沿途有许多树木和电线杆，高度都在 10 至 20 米之间，正好是直升机飞行的高度！

只见 6 架直升机左躲右闪，他们按照提前侦察好的路线，神不知鬼不觉地飞临"敌"机场附近。

4 架直升机悬在 1 米的高度，机舱门刚打开，就跳下了 40 名全副武装的特种兵。另两架飞机悬停的位置无法降落，20 名特种兵便放下绳索滑落而下。

当最后一名战士跳下，正好是要求的空降时间，一秒不差。

特种兵们以迅雷不及掩耳之势袭击了"敌"机场。正在"敌人"混乱之时，3 架武装直升机飞来了，机上导弹、火箭同时发射，"敌"机场防御工事顿时淹没在硝烟战火中。

"外科手术刀"发挥了威力，"敌军"的重要目标从战场上被"切除"了。

参加中俄联合军事演习

2005 年 8 月 23 日，持续 14 个小时的风雨前奏拉开了中俄联合军事演习两栖登陆战场的序幕。

指挥所预报气象，风力 4 到 5 级，海上浪高 2 至 3.5 米。老天爷给演习出了一道难题。

11 时整，3 发红色信号弹升空，演习开始。

11 时 5 分，联军潜水分队水下起爆排除残障，海上舰炮支援，空中歼击机与武装直升机火力掩护。

随着旋翼的有力转动，我直升机群腾空而起，组成战斗队形向战场推进。

为避开"敌"方的雷达和防空火力，直升机超低空飞行，悄悄向目标挺进。

11 时 11 分，直升机群掠过海面，一个"U"形急转，向"敌"侧翼掠去。

11 时 30 分，陆航部队的两架国产"直－9W"武装直升机超低空掠海飞行，以火力空降的方式登场。

紧接着，3 架大型运输机穿云破雾，运载伞兵空降。

18 架"米－171"直升机由远处悄然飞来，迅速飞临目标上空，但直升机并没有降落地面，而是低空掠地悬停。

在悬停中，18 架直升机的舱门依次打开，一排排全副武装的士兵，从舱门沿着绳索，动作熟练而准确地滑落到地面，立即执行滩头清障任务，为后继登陆部队扫清障碍。

与此同时，空降兵从天而降，在"敌"军后方四处开花，把"敌人"的防线搅得人仰马翻。

运输直升机载的特种部队多点机降，对"敌"军指挥所、防空阵地等重要目标实施"外科手术"式的打击……

11时42分，清障工作顺利完成，打开了岸上通路。我方两栖装甲营抢滩登陆，浪奇装甲运输车辆载着陆战队员直冲高地。

此时，四周各高低炮火齐发，"敌方"火力压制很强。在中、俄双方战车的掩护下，陆战队员们迅速跳下车，踏着崎岖泥泞的山路向山头发起冲锋。

11时50分，两栖战车开火，6枚反坦克导弹全部命中目标。

战斗正酣的紧张时刻，低空飞来了6架武装直升机。直升机抵达作战地域上空，机舱内一片繁忙：检查火控系统，搜索"敌"目标工事，计算攻击距离……

"发射！"一声令下，机身两侧火光频闪，一枚枚航空火箭弹呼啸着扑向"敌"阵地，从6架直升机上飞出的火箭弹，瞬间把"敌"军山头变成一片火海。

联军形成空中、海上、地面立体突防，同步展开的态势。

刻苦练兵

在陆航武装直升机和运输直升机的配合下，地面部队迅速占领了滩头阵地，为大型登陆舰艇开辟了登陆场。

激烈的炮火硝烟中，运输舰打开前舱门，一辆辆水陆两栖战车驶出，向滩头阵地发起冲击。一艘艘气垫船、冲锋舟劈波斩浪飞速驶向海滩，实施抢滩。

一幅蔚为壮观的立体登陆战画面，在海天之间气势恢宏地铺展开来。

中国陆军航空兵在这次中俄联合军事演习中，圆满完成了"两栖登陆作战实兵演练"、"强制隔离作战士兵演练"等课目，摸索出一套"依托联勤资助保障"的新路子。

中国陆军航空兵出色的表现，给外国同行留下了深刻的印象。

跨国远程机动取得成功

2007 年 7 月，北京军区陆航某团接到命令，参加在俄罗斯举行的"和平使命—2007"上海合作组织成员国武装力量联合军事演习。

这次演习，主要是向世界表明上海合作组织联合应对新威胁、新挑战的坚强决心，展示成员国军队打击"三股势力"的作战能力，显示各国在维护地区和平与稳定中发挥的重要作用，也是我军历史上第一次成建制、大规模、陆空联合、远程机动到境外参加的联合反恐军事演习。

演习共投入总兵力 4000 余人，包括中方 1600 人、俄方 2000 人、哈萨克斯坦 100 人、塔吉克斯坦 100 人、吉尔吉斯斯坦 30 人、乌兹别克斯坦 20 人。

我军参演部队以兰州军区和空军为主，并加强配属北京军区的陆军航空兵部分兵力，出动"直－9"武装直升机 16 架。

在出境前的誓师动员大会上，导演部首长明确表示，直升机梯队只要能够顺利转场到达俄罗斯沙戈尔机场，演习任务就算完成了 80％。

总参谋部副总参谋长也多次提出，这次兵力投送最难在陆航，陆航最难在武装直升机上。

共和国的
历程
·陆
上
雄
鹰

　　之所以这么说，是因为参加此次演习的陆航装备的"直－9"直升机最大理论升限是 4000 多米，但要飞到这个高度，直升机的起飞重量就要减轻，而"直－9"直升机起飞重量达到了满载标准，也就是 4100 公斤。

　　"直－9"最大航程是 800 公里，而这次出境的第一段航线的航程就达 760 公里，最长的留空时间与计划的飞行时间相比，也就几分钟的余地，遇上顶风就根本飞不到，而且要在雪山峻岭中飞行近 3 个小时。

　　所以，陆航部队只能选择 3300 米的飞行高度，而航线两侧高于飞行高度的雪山一个接着一个，最高的就是海拔 4374 米的友谊峰。

　　友谊峰冰峰耸立，山谷狭窄，天气变幻莫测，经常是一会儿晴空万里，一会儿就乌云密布，一会儿是狂风怒吼，一会儿又是雨雪交加。

　　在这样的环境下飞行，别说是遇上坏天气，即使在好天，一旦遇上直升机出现故障，连个迫降场都没有。

　　即使是这样一个地方，也只有选择它，因为别无出路。

　　陆航要穿越的地方叫喀纳斯大坂，海拔 3100 多米，在它的左侧是 3866 米高的雪峰，右侧是 3774 米的雪峰，再右边就是 4374 米的友谊峰，山口的宽度也就 400 多米。

　　面对这唯一的出路，陆航部队领导仔细研究每一段航线，详细研究气象特点，扎实准备各种特情，制定了针对各种地形的不同飞行方法。同时，切实做好了思想和心理准备。

按原计划，陆航编队于 7 月 26 日从乌鲁木齐起程。谁料，"老天爷"不配合，几乎天天下雨。直到 29 日，天气才有所好转，第一梯队冒雨转场至阿勒泰。

30 日凌晨，官兵们吃过早饭后就坐在直升机上待命。派出去的侦察机不时传来消息，友谊峰有厚积云，不宜飞行。

临时指挥部一边要求官兵"不急躁、不松劲"，一边实时研究分析天气变化，果断决定 16 时 45 分起飞。

直升机编队飞至友谊峰前时，西侧山谷被厚厚的云层覆盖，怎么办？是爬高穿云还是返航？

指挥员命令直升机减速，近前观察后再作决定。飞到山谷前发现，云层与地面有一个 100 多米高的缝隙，可以穿过去。

指挥员当机立断，命令直升机编队从云的缝隙中穿过。

飞行员驾驶直升机，看准了航路，向着天空中唯一的一块蓝色飞了过去。此时，飞行员精力高度集中，浑身都绷得紧紧的。

直升机在高空飞行，平常人穿上秋衣还觉得冷，而精力高度集中的飞行员，迷彩服却一直是汗湿的。坐在后舱的官兵们却十分坦然，他们相信自己的战友会把飞机开到目的地。

刻苦练兵

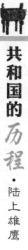

直升机在云的缝隙中穿行，窗外只见如牛奶一样的云雾，上不见蓝天，下不见大地。

渐渐地，云雾退去，机舱外一片阳光灿烂，直升机终于冲出了云海。

当直升机编队顺利穿越友谊峰时，官兵们发出了阵阵欢呼声。

陆航跨国远程机动取得圆满成功，标志着中国陆航部队远程机动能力有了新的提高，向世人展现了我陆航官兵的训练水平和能力、素质。

三、 更新装备

● 突然，一架战机在着陆时突发机舱起火，火
  舌在眼前飞舞，浓烟从仪表板上蹿出。指挥
  员立即实施了准确果断的指挥。

● 180 度视角的显示屏上，绿色的山川在脚下
  滑过，银白色的河流如缎带一样在原野上舞
  动，耳边传来发动机的轰鸣，手中的操作杆
  真实地传来不同的反馈。

● 火箭弹发射时，可以看到火光，听到声音，
  甚至能感到座舱在震动；出现特情时，发动
  机真的会"熄火"，"飞机"真的会"往下
  掉"；出现电子干扰时，耳机里一片杂音，
  雷达屏幕上一片雪花……

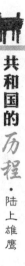

引进国外直升机技术

1979 年 10 月，航空工业部副部长崔光炜率领直升机考察组对美国贝尔直升机公司进行考察。航空工业部发动机局局长王祖浍率领发动机考察组到加拿大考察。

1980 年 4 月，崔光炜副部长又率领直升机考察组对法国宇航公司和透博梅卡发动机公司进行考察。

我国实行改革开放后，随着国民经济的发展，在多个领域提出了对直升机的迫切需求，但是，国内生产的"直—5"直升机性能落后，已经在 1979 年停产。

1979 年，国家有关部门初步统计，在 1985 年前，我国共需要直升机 170 架，其中还不包括军队用于边境巡逻和运输的 50 架。

国内短时间内无法生产出符合需要的直升机，只能把目光转向国外。但是，如果从国外购买或者租用，不仅要多花钱，而且要依赖外国供应直升机零配件，受制于人。

如果引进国外直升机生产制造技术，包括发动机及少量机载设备的生产技术，经过测算，这个办法不仅花钱少，更重要的是，可以使我国直升机制造技术从 20 世纪 50 年代的初级水平提高到 70 年代的先进水平，并能以此为研制的起点，进一步促进我国直升机技术的发展。

为了选择适合中国国情的先进直升机，中国航空工业开始比较国际上先进的直升机厂商。

经过直升机考察组这几次考察，航空工业部认为，美国贝尔公司的贝尔直升机和法国宇航公司的"海豚"直升机属于一个量级，但"海豚"技术更先进些，而且在价格、出口、返销、装备和技术资料以及商务谈判条件等方面都比美国贝尔公司优越。

因此，航空工业部建议引进 SA365N/N1 "海豚"型直升机。

1980 年 5 月 30 日，国务院领导批示同意草签合同。

1980 年 7 月 2 日，中国航空技术公司与法国宇航公司和透博梅卡公司分别草签了引进 SA365N/N1 "海豚"型直升机和"阿赫耶"涡轮轴发动机生产许可权的合同。

10 月 10 日，经过中法两国政府批准，合同正式生效。

合同规定，法国转让"海豚"直升机及其发动机的制造权，中国生产发动机 100 台，装配直升机 50 架。

中国用法方的零部件装备整机，然后部分自行制造，通过 4 阶段分期作业，最后达到立足中国国内生产并掌握先进的直升机制造技术。

1980 年 12 月 1 日，经过总参谋部批准，确定"海豚" SA365N 直升机中国代号为"直－9"直升机，SA365N1 型中国代号为"直－9A"直升机，确定"阿赫耶"发动机中国代号为"涡轴－8"。

更新装备

在引进技术的过程中，我国努力跟踪法方技术状态的改进。直升机合同采取局部延长的办法，使法方更好地完成对我方工作的审核，并加强技术咨询。这样，中方生产的产品就不是停留在签订合同时的水平，而是与法方产品的改进和提高相适应。

1990年6月，发动机的国产化率达到98%，并完成了1000小时考核试车。

1992年12月，"直—9"直升机的国产化率达到93.6%，完成了技术鉴定。飞机各项性能均达到或超过"海豚"直升机的指标。"直—9"直升机于1993年开始批量生产，1994年开始交付使用。

法国"海豚"直升机制造技术的引进，使我国的直升机制造水平跨上了一个新台阶，为我国新型军用直升机的起飞奠定了坚实的基础。

武装直升机研制获得成功

1985 年 8 月，中央军委、国务院决定，以"直－9A"直升机为基础，开展我国第一代反坦克武装直升机的研制。

以直升机设计研究所为总设计单位，哈尔滨飞机工业集团公司为总工程师单位，在 1986 年正式启动了"直－9W"武装直升机的研制。

"直－9W"武装直升机的研制经历了艰苦的技术攻关，克服了许多无法预料的困难。其中，最大的拦路虎就是直升机机身结构和反坦克导弹的兼容问题。

因为这是我国第一次研制反坦克武装直升机，"直－9A"直升机本身是按照民用运输机的要求进行设计的。它的总体和气动布局不允许有较大的变化，机体结构，特别是尾部结构主要采用复合材料，它难以承受发射导弹时产生的冲击。

在研制初期，在用模拟机身进行导弹发射试验时，发射导弹产生的冲击将模拟机身侧面结构打得口盖崩开，蒙皮变形。

在巨大的挫折面前，参加研制的工程技术人员没有低头。他们以自强、拼搏、坚定的信念勇往直前，用智慧、汗水和心血解决导弹和飞机不兼容的每一个问题。

他们先后联合组织了跨行业、跨部门的 16 次大型试验，终于在 1989 年 12 月 9 日，"直—9W"武装直升机在空中发射导弹首发命中靶标，导弹和飞机不兼容的问题终于得到圆满的解决。

随后，1991 年最后的一天，"直—9W"武装直升机完成导弹空中发射摸底试验，彻底解决了导弹发射瞄准装置、初始弹道、武器随动系统以及火力控制系统的兼容技术。

"直—9W"武装直升机是一种以反坦克作战为主的多用途攻击型直升机，主要用于昼间在战场前沿以导弹为主要武器实施反坦克作战，并可用火箭、航炮和机枪等武器压制地面火力，执行突击地面零散目标等火力支援任务，也可用于运输、通信联络和救护等。

"直—9W"武装直升机装备部队后，曾经多次参加全军军事演习和实弹射击训练，促进了我军武装直升机作战水平的提高。

装备新型飞行训练模拟器

碧空万顷,平原旷野,一架架直升机正在执行单机起落飞行、双机和4机编队起飞、双机及4机通场解散等飞行任务。

突然,一架战机在着陆时突发机舱起火,火舌在眼前飞舞,浓烟从仪表板上蹿出。指挥员立即实施了准确果断的指挥。

这并不是真的事故,而是陆军航空兵学院新建成的飞行与指挥模拟训练系统中一个模拟训练镜头。

飞行事业是勇敢者的事业,因为蓝天里充满了挑战和风险。为了尽快培养出合格的飞行员,减少起步阶段的风险,我军陆航部队逐渐采用了模拟飞行技术。

模拟飞行技术是利用计算机模拟飞行中遇到的各种情况,通过显示屏等输出设备显示,置身飞行模拟器,可以切身地感受到飞行中可能遇到的各种情况。

更新装备

飞行模拟器产生的形象逼真,动态流畅,空地对话清晰,能增强指挥员训练的临场感和浸入感,甚至飞机俯冲时操纵杆上的力量变化也能模拟出来。

飞行模拟器采用局域网互联技术后,实现了全天候、多机型、多课目综合指挥训练,填补了我军陆航高风险复杂气象和特情课目训练的空白,形成了陆航飞行指挥员理论训练与指挥调度、特情指挥紧密结合的训练模式，有效地提高了训练质量和效益。

模拟飞行技术还解决了飞行教学抽象难懂、实践环节少、训练方式单一等问题，为陆航部队飞行员的培训开辟了新路子。

模拟训练不受气候、天气等影响，教员还可以根据教学需要新设置近百种特殊情况，让受训学员随机处置，培养他们过硬的心理素质和快速反应能力。

在飞行教学中大力推行模拟训练，更有效地解决了飞行训练耗费大、时间长的问题，减少了飞行指挥员飞行训练次数，大大降低了训练成本。

某型新机改装，飞行员以往实装飞行数十小时才能熟悉课目，现在通过模拟训练后，只需要三四个起落就可以完成任务。

随着训练装备仿真度的提高和数量规模的扩大，模拟训练在陆军航空兵飞行训练中占的比重越来越大。

某新型直升机在改装阶段，实装总飞行时间为 120 小时，模拟训练 58 小时，而实际训练中飞行员平均模拟飞行达到了 70 小时以上。

刚参加完训练的飞行学员巴雅尔深有感触地说：

> 模拟飞行训练不但能使我们熟悉飞机的操作规程，而且能增强实机操作的信心，训练效果明显得到了提高。

进入新世纪后,我国的飞行模拟训练系统在体系结构设计和技术实现上都采用了国际先进的理念和技术成果,其中许多技术是国内当时正在研究的热点问题,整体技术在全军属首创,达到了国内先进水平。

步入陆军航空兵学院飞行与指挥模拟训练中心,首先映入眼帘的大屏幕,实现了水平220度、垂直45度的大视角范围和完全无缝连续场景,展现出真实的机场视景和塔台环境,让人觉得自己就坐在一个飞行指挥塔台中。

飞行学员跨进模拟飞行舱,打开相关仪表,开车、起飞、爬升、俯冲……180度视角的显示屏上,绿色的山川在脚下滑过,银白色的河流如缎带一样在原野上舞动,耳边传来发动机的轰鸣,手中的操作杆真实地传来不同的反馈。

透过"机窗",还能看见编队飞行的邻机在协同。一架架轻盈的武装直升机时而低空飞掠,时而跃起攻击。

火箭弹发射时,可以看到火光,听到声音,甚至能感到座舱在震动;出现特情时,发动机真的会"熄火","飞机"真的会"往下掉";出现电子干扰时,耳机里一片杂音,雷达屏幕上一片雪花……

坐在一旁的教员紧盯着同步再现飞行员操作状态的屏幕进行指导,通过监控屏和仪表掌握学员的操作状况,现场进行评判,及时纠正偏差。

更新装备

在这里，无论是飞行员还是指挥员，都可以足不出户就能在各种地形、气候、任务等条件下，展开各项针对性极强的训练。

通过在飞行模拟器上设置不同的训练条件，可以实现模拟飞行训练中的正常指挥、偏差指挥和特情指挥，扩大了战术训练空间，有力锤炼了飞行指挥员过硬的指挥作战技能，成为陆航部队战斗力生成的倍增器。

四、 参加实战

● 邢贵喜机敏地发现，龙卷风正在慢慢地向左移动，右侧 100 米开外的豁口露出一道明亮的光柱。

● 1997 年元旦刚过，新疆军区陆航某团接到上级下达的紧急营救任务。该团团长、特级飞行员汪道斌连夜赶回机场，领受任务。

● 16 时，根据成都军区司令员李世明、张海阳命令，军区作战值班室下达命令：立即起飞，勘察震中地区灾情！

陆航兵勇闯西藏飞行禁区

1985年12月10日，驻成都某陆航团邢贵喜团长接到上级指示，带领4架"黑鹰"直升机飞向西藏。

广袤的雪域西藏，空气稀薄，气候变幻莫测，是世界航空界公认的"飞行禁区"。特别是直升机，氧气不足，发动机燃烧不充分，马力会大打折扣；空气稀薄，旋翼排气量减少，升力也会受影响。

于是，这片神秘蓝天，作为旋翼式直升机飞行的空白，一直留在了航空史上。

为了架起翻越唐古拉山进入西藏的"天路"，先后有7名陆航飞行员献出了年轻的生命，他们的骨灰永远撒在了那块土地上。

这天，陆军航空兵将再次踏上这条天路，为墨脱的人民送去急需的物资。4架直升机翩然升空，飞向白雪皑皑的唐古拉山。

"唐古拉唐古拉，伸手把天抓。"稀薄的空气，莫测的高空气流，直升机好像波涛汹涌的大海里的一叶扁舟，不停地剧烈起伏颠簸。

高原龙卷风被称为直升机飞行的"黑洞"，一旦卷入后果不堪设想。如果这个飞行"黑洞"发生在海拔7111米、被称为"飞行禁区"的唐古拉山口，其险恶程度就更加严重了。

可是，当"黑鹰"直升机机群穿过荒漠，飞进白雪皑皑的唐古拉山口时，机群便与高原龙卷风迎面相遇。

一股直径10多米的巨大龙卷风拔地而起，突然出现在航路上，在唐古拉山口来回晃动。

神秘莫测的高空气流，使直升机好像惊涛骇浪中的小船一样剧烈起伏颠簸。

此时，"黑鹰"已经爬升到海拔6000米的高度。面对这个突如其来的险情，长机邢贵喜十分镇定，他仔细地观察龙卷风的走势。

邢贵喜机敏地发现，龙卷风正在慢慢地向左移动，右侧100米开外的豁口露出一道明亮的光柱。于是，他令其他机组帮助观察，第一个迎着光柱飞去，安全绕过了龙卷风。

其他3架飞机紧跟其后，也躲过了这个飞行"黑洞"。

刚过山口，藏族飞行员扎西泽仁驾驶的直升机突然不听使唤了。

原来，直升机的一台发动机的防冰活门自动打开，造成功率骤降。依靠发动机动力支撑的直升机，飘然向下坠落。

在这危急时刻，扎西泽仁当机立断，采取手控油门，使发动机恢复动力，才使坠落100多米的直升机稳定了下来。

参加实战

历经种种险情，4 架直升机长驱 2600 公里，终于胜利飞抵拉萨，降落在布达拉宫广场。

　　热情的藏族同胞围着钢铁大鸟，载歌载舞。

　　全国人大副委员长班禅·额尔德尼·确吉坚赞亲自为飞行员系上了洁白的哈达，赞誉他们是雪域的"吉祥鸟"。

　　这次飞行，首开直升机载重进藏的先例，成功开辟了一条翻越唐古拉山进藏的"空中走廊"。

实施阿勒泰风雪大营救

1996 年底至 1997 年初，一场特大的暴风雪席卷了新疆阿勒泰地区。暴风雪足足下了 19 天，间或还有雪崩。这是新疆维吾尔自治区成立以来第一次遇到这样恶劣的天气。

突如其来的雪灾，使阿勒泰地区大批房屋被大雪覆盖，道路被积雪掩埋，有 9 人在雪崩和寒流中死亡，还有 300 多名采矿人员被大雪围困在山中，情况万分危急。

阿勒泰地区位于新疆北部，是一个哈萨克族和汉族等多民族聚居的边境地区。

这里矿产资源极为丰富，已经发现的矿产有十大类 84 种，已经探明储量的有 46 种，储量居全国第一位的有锂、铍、白云母和锂长石；居全疆首位的 21 种，尤其是黄金生产发展很快。因此，这里常年有地质队在工作，还吸引了一大批淘金者。

阿勒泰地区同时也拥有闻名于世的优美环境，著名景区喀纳斯是它的金字招牌。

这样一个具有重要战略地位的地区遭遇几十年不遇的大雪灾，引起了党中央和国务院的高度重视，指示当地政府和当地驻军全力救灾。

1997 年元旦刚过，新疆军区陆航某团接到上级下达的紧急营救任务。该团团长、特级飞行员汪道斌连夜赶回机场，领受任务。

由于其他直升机当时正在进行转场训练，能够承担此任务的只有一架值班的"黑鹰"直升机。所以，汪道斌机组决定，单机飞赴阿勒泰，进行风雪大营救。

这次营救遇险人员及空投救援物资的地点，大都位于雪山峡谷中。为了寻找一个空投地点，直升机要冒着极大的风险在峡谷中穿行。

有一次，直升机在向一个空投地点飞行时，必须穿越一条只有几百米宽的峡谷。峡谷下面是万丈深渊，两侧是峭壁对峙。峡谷中气流多变，使直升机难以驾驭。在峡谷中飞行，直升机稍有偏行就会撞在峭壁上，其凶险程度令人不寒而栗。

汪道斌凭借高超娴熟的驾驶技术和过人的胆魄，闯过险关，将粮食和生活用品等急救物资准确地空投到指定的位置。

当采矿人员看到一包包系着红布的救命粮从天而降的时候，跪在雪地上泪流满面，激动万分。

这场突如其来的暴风雪将沿山一带采矿作业的900多名工人和淘金人员围困，有300人断炊断粮断饮，急需解救。

汪道斌决定在指定的集中点实施营救。

但是，一个难题却摆在了他的面前：营救地点漫山遍野都是一人多深的积雪，而且十分松软，找不到一块平坦坚实的可供空重就有近 5 吨的"黑鹰"着陆的地方。

怎么办？数百灾民已经蹚着深雪赶往集中地点，在翘首企盼直升机的营救。汪道斌和战友们急中生智，想出了一个人造直升机着陆场的办法。

他们让地面人员将一片积雪连铲带拍，压实后浇上些水，使其结冰变硬。然后，汪道斌沉着冷静地操纵直升机，稳稳地落在了由冰和泥混合结构冻成的简易停机场上。

因为直升机搭载乘员有限，汪道斌驾驶飞机连续飞行 18 个架次，6 个多小时，终于和机组将 300 多名采矿人员全部送到安全地点。

从 1997 年 1 月 6 日首次飞赴阿勒泰灾区到 17 日，汪道斌驾驶"黑鹰"直升机连续作战，总共飞行了 26 个小时，65 架次，解救采矿人员 301 人，抢救重伤员两人，运送粮食药品 17 吨。

1998 年初，新疆的边远地区又发生了特大雪灾，数百群众被大雪围困，交通阻断，断水断粮，情况万分危急。

陆航部队接到救灾的命令后，立即出动，在没有导航设备、气象保障，以及地面特征不明显的情况下赶赴灾区。

为了寻找到灾民，直升机一再降低悬停高度，从数千米降到数百米，又从数百米降到几十米，一个灾民点，两个灾民点，三个灾民点……飞行员终于看到了少数民族同胞们挥舞的鲜艳头巾。

这次营救使 600 多名灾民转危为安，没有一个人因为冻饿而死亡，创造了雪域救灾的奇迹。

参加实战

参加建国五十周年大阅兵

1999 年 10 月 1 日，天安门广场花海如潮。气势恢宏的建国 50 周年阅兵庆典在这里举行。

雄伟壮丽的天安门广场披上了节日的盛装，50 万各界群众会聚在这里，等待着激动人心的时刻。

10 时 36 分，建国 50 周年盛况空前的阅兵式开始。

中央军委主席江泽民在乘车阅兵后，登上天安门城楼，站在城楼中央，检阅以排山倒海之势通过检阅台的人民解放军三军官兵。

一个个阅兵方阵走上长安街，一队队钢铁洪流驶过天安门。

11 时 5 分，在天安门广场的东方，一阵阵隆隆的轰鸣声如春潮滚滚而至，接受检阅的飞机排着整齐的队形，一批跟着一批飞过天安门广场，接受党和国家领导人以及各界代表、人民群众的检阅。

飞在最前面的是由八一飞行表演大队驾驶的飞机。8 架红白相间的护卫机紧贴长机，拉着彩烟在天安门上空画出 8 道美丽的彩虹。

随后，轰炸机、歼击机、歼击轰炸机、空中加油机、强击机、截击机和武装直升机等共 132 架飞机排着整齐的队形临空，接受党和人民的检阅。

在这 132 架战机中，25 架武装直升机是空中阅兵的"新面孔"，它们分成 5 个梯次接受检阅。这是中华人民共和国成立以来，直升机群首次参加空中阅兵，也是这次空中受阅单一机型数量最多的机群。

25 架国产武装直升机组成 5 个整齐漂亮的"人"字形梯队，如天马行空，狂飙呼啸掠过广场上空，顿时整个广场沸腾了！

英武的中国陆军航空兵将"飞行陆军"的印记深深地植在了世界的屏幕上。

在接受空中检阅的过程中，陆军航空兵的直升机群，从第一架直升机进入天安门广场上空到最后一架推出，正好 40 秒，与阅兵方案规定的时间"米秒不差"。

为了实现这个"米秒不差"，参加阅兵的陆军航空兵付出了辛勤的汗水。

参演的武装直升机是我国自主生产的新型直升机，大机群密集编队难度较大；直升机编队飞行跟进距离难以控制；分梯次编队队形稳定难以保持；直升机准时到达、准时推出难以掌握。

面对这么多的困难，参演陆军航空兵发挥科学技术的优势，加装 GPS 定位系统，为"米秒不差"提供了不可缺少的技术保证条件；充分利用质量评估系统、侦察判读技术、微机判读等一系列高科技，将研究大机群复杂条件下起飞和编队的队形及跟进保持距离等难题作为攻关的重点，花大力气，下苦功夫攻克，为阅兵成功做

参加实战

了充分的准备。

全体接受检阅的陆航官兵在集训的 200 多天里，严谨地进行高强度训练。

总参谋部陆航局副局长马湘生亲自担任了陆航受阅空中梯队的总带队机长。

马湘生一接到任务就开始精心制订训练计划，精心组织飞行实施。

受阅飞行最重要的是所有飞行员和他们所驾驶的直升机必须步调一致，不是突出个人的飞行技术，而是注重全体飞行员的综合协同能力。

因此，马湘生除了重视训练前布置计划，讲清动作要领外，每次飞行训练后，他还组织飞行员们对着录像、地图研究技术难点，逐个讲评。

为了做到"米秒不差"，飞行员们常常是上午飞、中午飞、下午还要飞。受阅梯队还做好了在各种气象条件下，如大风、侧风、下雨、降雾等都能飞行的准备。

为了练就复杂气象条件下的飞行能力，飞行员们专挑那些雨大风狂的时候训练。狂风暴雨中，一架架直升机披着满身的雨水起飞，在雨幕中练编队，练爬升。直到最后，飞行员即使闭上眼睛也能准确地知道临近的位置了。

为了克服某飞行员在城区楼群上空不由自主地拔高的心理障碍，马湘生还专门组织了大机群超低空 100 米飞行训练。北京的市民有幸在阅兵前就看到了陆航兵们的威武身姿。

当涂有绿色迷彩的武装直升机米秒不差地飞过天门广场后，人们依然在向西边遥望。就在人们感叹陆战雄鹰们的威武英姿的时候，他们不知道，共和国阅兵史上一个新的纪录已经诞生了。

这次直升机空中阅兵，创造了陆航史上单一机型受阅数量最多，集训飞行时间最长，携带外挂武器最全的纪录。

参加实战

飞越昆仑山救护病危患者

2000年4月3日晚，西藏自治区阿里地委书记白玛才旺在办公室里突发心脏病。由于当地医疗条件的限制，经过当地医疗组连续的抢救，白玛才旺依然没有脱离危险。

阿里地委所在地在狮泉河只有两条简易公路通往外界：一条经过叶城至新疆乌鲁木齐，有3000公里之遥，而且途中还要翻越10多座海拔在5000米以上的大山；另一条至拉萨，也有1000多公里，路上地形复杂，道路崎岖。

这两条道路的情况都不适合转送危急病人。要及时抢救病人，只能使用飞机送病人出藏。可是，狮泉河没有民航机场。在这种情况下，阿里地委通过西藏自治区向中央求援。

国务院和中央领导得知白玛才旺的病情后高度重视，通报了中国人民解放军总参谋部。

总参首长立即作出指示：

速派新疆军区某陆航团直升机执行进藏救护任务。

阿里地区群山起伏，冰川纵横，北有茫茫昆仑横亘，南有喜马拉雅山雄踞，平均海拔在 4500 米左右。这里地形险恶，人烟稀少，全区海拔高度在西藏最高，有"世界屋脊上的屋脊"之称。陆航直升机要由新疆进入西藏，必须穿越茫茫昆仑山脉。

昆仑山脉全长 2500 公里，平均海拔高度在 5500 米到 6000 米，宽 130 米到 2000 公里，西窄东宽，总面积达 50 多万平方公里。群山之中，峡谷绝壁星罗棋布，到处可见天险奇观。

新疆陆航某团团长李少康曾经在 1986 年夏天，在由总参谋部牵头组织实施的航拍阿里任务中飞越过昆仑山。他回忆当年飞越昆仑的情景时说："'黑鹰'直升机在 8100 米高的乔戈里峰边缘环绕飞行时，整座山都是冰川，冰面在阳光的照耀下光芒四射，显得十分雄伟壮观。"

这次进藏营救任务就是由李少康执行。

当李少康驾驶"黑鹰"直升机飞抵喀什转场点后，气候骤变。连天的沙尘暴刮得天昏地暗，从喀什到狮泉河的航路上能见度只有 1 公里，低于直升机允许起飞的最低标准。病人生命危在旦夕，直升机却不能起飞，机组人员心急如焚。

参加实战

16 日上午，能见度略有好转，李少康当机立断，驾驶直升机飞赴雪域高原。

进藏之路困难重重，险象环生。昆仑山、喜马拉雅山拦路虎一般把守着路口。为了飞越山脉，直升机的飞行高度要达到 6000 米。

高山之上天气瞬息万变，高寒缺氧。这对直升机来说是难以逾越的"飞行禁区"。但是，救人的使命高于一切。李少康和他的机组置所有险恶于不顾，怀着要迅速穿越茫茫昆仑的坚定信念，依然驾驶飞机飞入了"飞行禁区"。

当"黑鹰"飞越皑皑雪山时，山顶的云团越积越多，与雪山融为一体。天地间顿时一片混沌，哪里是山，哪里是云，根本分不清。此时，直升机已经在最大升限上飞行，盲目穿越，随时可能与雪山相撞。

李少康凭借多年积累的经验，在与副驾驶交换意见后，决定顺着两山之间的峡谷绕行。

在高海拔的峡谷中穿行是很危险的，纵横在峡谷中的气流似一个个看不见的陷阱，随时有可能把直升机拉到地面上坠毁。

直升机飞入昆仑山中的峡谷不久，峡谷中猛烈的旋流向直升机袭来。飞机像疾风骤雨中的一片树叶一样上下颠簸，左右抛甩。旋流导致发动机转速下降，直升机旋翼升力不够，直升机直往下坠。

李少康的眼前，世界在晃动，在下坠，在摔向生命的边缘。但他临危不惧，沉着冷静，当机立断，马上加油门，猛拉杆，使直升机爬升，并尽量保持住状态。

就这样，"黑鹰"直升机闯过了旋流区，重回宁静，蓝天下晶莹剔透的雪山向机组展开了美丽的容颜，茫茫昆仑山终于被抛在了身后。

当直升机成功地降落在狮泉河的时候，期盼已久的藏族同胞欢呼着拥了上来。

阿里地委行署专员多吉手捧洁白的哈达献给李少康。白玛才旺被医护人员迅速送上了直升机。李少康机组再次起飞，飞越昆仑山脉，连续超强度飞行近10个小时，最终安全地将病人送到了喀什机场。白玛才旺由民航飞机转送北京就医。

3个月后，当李少康到北京开会时，已经康复的白玛才旺特地与他相见。他满怀感激地将一条圣洁的哈达戴在了李少康的脖子上。

穿越昆仑山脉，救治伤病员的故事还在延续。

2002年4月29日，正在新藏线多玛兵站附近执行任务的武警交通二总队机械养护支队六中队新战士毛林宝和上等兵许明新突患高原疾病，引发了肺水肿，生命危在旦夕。

4月30日晚，新疆军区某陆航团参谋长、特级飞行员沈正文和飞行大队副教导员刘钧连夜做好出航准备，并在驻新疆空军飞行管制中心、民航乌鲁木齐指挥中心等军地单位配合下，开通了"空中应急通道"。

5月3日凌晨，两架"黑鹰"直升机迎着寒气从喀什机场腾空而起，又一次穿越茫茫昆仑，直飞西藏北部的阿里高原。

当日13时30分，两架直升机抵达狮泉河停机坪，

参加实战

早早守候在这里的高原官兵立即将两名患病的战友抬上直升机，直升机迅速返航。

在返航途中，直升机多次遇到强气流，一次次出现大幅度颠簸，机组人员克服重重困难，于当日 19 时将两名武警战士送到喀什，保住了两名武警战士的生命。

2006 年 6 月底，63 岁的日本游客三田恭子到西藏旅游，到达阿里后，因为食道大出血，生命垂危。

旅游团向中国政府发出求救信息。

7 月 1 日，新疆军区某陆航团接到救援命令，特级飞行员陈殿起机组受命紧急起飞。

因为天气急剧恶化，直升机迫降于喀喇昆仑腹地营房。机组趁天气状况好转，果断起飞，直达狮泉河。

机组在复杂天气情况下连续飞行 6 个多小时，在 7 月 6 日傍晚将三田恭子女士送到喀什，挽救了她的生命。

陆航兵参与搜索神舟飞船

2003 年初，陆军航空兵接到了搜救及转运航天员的任务。这是中国人首次进入太空后返回地面，在我国乃至世界宇航史上具有重大意义。

接到任务后，陆军航空兵为此专门成立了指挥部，立即部署进行回收飞船的各项准备，并决定派出 5 架"米－171"直升机参加搜救行动，并由特级飞行员李少康担任主着陆场指挥部副指挥长，特级飞行员袁水利为指挥长。

这次"神舟五号"着陆点在内蒙古四子王旗北部阿木古郎草原。这里地形宽阔、平坦，地面上只有少量的小山丘。

为了做到万无一失，陆航直升机进入着陆场进行实际演练。

演练的主要内容是，捕捉无线电信号，模拟演练各种回收程序，一旦发现信号，分散的 5 架直升机要向同一地点聚集。

飞船的理论着陆点误差范围有一个分布面，搜救直升机要在这个分布面内进行布局。飞船只要落在这个分布面上，搜救直升机不超过 20 分钟应能找到。而且，要求至少有一架直升机在 15 分钟内就能飞到飞船的实际着

参加实战

083

陆点。

经过一番紧张筹备和刻苦训练，陆航为搜寻和转运中国第一位飞天英雄做好了一切准备。

2003 年 10 月 16 日 5 时 25 分，陆航 5 架直升机从待命地点准时起飞，到达指定位置后，在不同的空中高度待命。

5 时 50 分，搜救直升机接到指挥中心命令：

准备搜救！

事实上，"神舟五号"从 4 时 40 分就开始进行着陆准备。当飞行指挥部决定"神舟五号"飞船返回后，地面测控指挥部门根据飞船所处的位置，迅速向"神舟五号"飞船发出返回程序和数据指令，飞船按照预定时间调整飞行姿态，偏离原来的运行轨道。

当返回舱下降到距离地面 1 万米的时候，返回舱内的回收着陆系统开始工作。降落伞打开，返回舱在主降落伞的牵制下缓缓下降。

这天的天气非常好，天上的星星显得格外明亮。指挥机飞行员袁水利凭借丰富的搜救经验，第一个在西南面的天空里看到了"神舟五号"返回舱再入大气层的壮丽景象。

因为返回舱与大气剧烈摩擦，就如彗星一般，拖着闪亮的长长的尾巴，划过黎明前黛蓝色的夜空，向预定地区飞来。

袁水利立即驾驶直升机追踪跟进。

6 时 23 分，"神舟五号"返回舱降落在主着陆场。

在返回舱落地不到 30 秒的时间里，直升机就着陆了，其他 4 架直升机也相继赶到，顺利完成了"神舟五号"返回舱的搜救任务。

这次载人飞船的回收，陆航直升机目睹了返回舱再入大气层直至落地的全过程，并且几乎与返回舱同时着陆。这在世界载人航天搜救史上是绝无仅有的。

陆航出色的表现，使他们再次接到了搜救"神舟六号"返回舱的任务。

2005 年国庆节前夕，陆航派出 6 架"米－171"直升机组成"神舟六号"返回舱搜救分队。搜救直升机分队抵达预定场区后，立即按照事先预定的方案，反复进行野外演练。

为确保搜救任务的圆满完成，陆航空中搜救分队与地面搜救分队一起制定了几十套搜救回收方案和 10 多套安全飞行措施，进行了上百次的演练。

与"神舟五号"相比，"神舟六号"返回舱的搜救任务要求更高。

一是飞船的着陆时间不同。"神舟五号"返回时在晨曦微露的黎明，直升机可以目视跟进，可以看清地面情况后着陆。

而"神舟六号"返回时却在深夜，直升机完全依靠

参加实战

仪表飞行，增加了危险性。

二是任务周期长。"神舟五号"在太空仅飞行了 21 小时 23 分钟，"神舟六号"却遨游了 115 小时 32 分钟。这就拉长了搜救直升机的待命时间，这对飞行员和机务人员的体力和毅力都是不小的考验。

2005 年 10 月 17 日凌晨，内蒙古四子王旗。"神舟六号"飞船按预定计划围绕地球运行 77 圈后，由运行轨道准确进入返回轨道，开始飞向地球表面、飞向祖国。

3 时 40 分，陆航搜救分队的 4 架直升机腾空而起，飞向主着陆场上空待命。

30 分钟后，准时到达各自的待命空域，盘旋飞行。另有两架直升机在地面待命，随时飞向返回舱降落点。

漆黑的夜空中，一张搜索大网正迎接"神舟六号"的到来。

4 时 20 分，空中待命的直升机收到飞船上发出的信号，并继续监视这信号。

13 分钟后，直升机收到返回舱落地的信号。与此同时，测控中心向搜救直升机通报了飞船落地的经纬度。于是，分布在不同方位的 6 架直升机立即飞向着陆点。

"1 号直升机发现目标！"

紧接着，2 号直升机报告"监听到航天员语音"，人们顿时沸腾了。

6 架直升机不约而同地向飞船返回舱落点区域靠拢飞行。1200 平方米的巨大降落伞全部张开，返回舱开始减速下降。宇航员费俊龙报告"身体状况良好"。

此时，在闪烁着信号灯的搜救指挥车内，"着陆场搜救态势系统"准确地显示出空中分队的情况以及落区地形、地貌等各种信息。

电子地图上，代表直升机飞行轨迹的曲线正在向落点汇聚。

4时36分，3号直升机报告"目视返回舱"，同时引导着地面搜救分队向落点靠近。几分钟后，直升机缓慢下降，停落在返回舱着陆点附近的开阔地上。空中搜救分队的官兵跳下直升机，冲向返回舱。

返回舱舱门打开，航天员微笑着向陆航的官兵们招手……

参加实战

陆航兵勇闯火海救伤员

2006 年 4 月下旬，黑龙江加格达奇、黑河地区发生森林大火，沈阳军区某陆航团在 4 月 27 日派出 3 架"米－171"直升机闯进火海，投入灭火斗争。

5 月 8 日，陆航团 751 号机组在黑河瑷珲区火场上空执行空运任务。

在此时，火情严重，大风又将灾情持续扩大。风速达到 16 米每秒到 17 米每秒，使熊熊大火蹿起三四米高。

从空中俯瞰，火场里浓烟弥漫，长达 20 多公里的火龙正在快速飞蹿，无情地吞噬着宝贵的森林资源。

飞行员们心急如焚，驾驶飞机以最大的速度选择最近路线闯入火海，在山高谷狭、时间紧迫的情况下寻找机降场地，及时建立起小起落航线，快速准确地降落。

在把第一批 15 名森林警察安全送抵目的地后，机组再次返回黑河机场准备运送第二批森林警察时，又接到火场前线指挥部的命令：北四河火场有被困人员，立即前往营救。

751 号机组火速赶往失事地点，到达营救点上空。

此时，营救点上空烟火弥漫，能见度极低，机组人员只好沿着火线边缘进行仔细搜索。飞机逐步降低飞行高度，终于发现了被困人员。

机长游少书使直升机保持安全高度，以小速度向受伤人员地域一点点靠近，最后降落到离营救人员不到两米的位置。

18名伤员都被营救上了直升机，安全返回。

5月26日，在黑河嘎拉山火场，救火官兵陷入大火重围，部分森林警察被烧伤。危急时刻，751号机组再次受命救援，赶往出事地点。

当751号机组到达现场后发现，情况比他们预想的要坏得多。地面风力达到4级以上，火势凶猛，火线长达10余公里，直升机根本无法接近伤员区域。

指挥部根据他们的报告，临时决定，让直升机在距离目标10公里的地方等待地面抢救人员将伤员运到降落地点。

然而，就在751号机组待命时，得到消息说：因为道路不畅，地面抢救人员一时无法将伤员运到这里。

时间就是生命，必须立即行动。机组全体人员商量后决定，为了抢救伤员，只有闯入火海救人。

直升机腾空而起，向火海飞去。飞行员凭借过硬的驾驶技术，驾驶着飞机顶着浓烟一步步向目标飞去。火焰在飞机下翻滚，仿佛要把直升机拉下来。在火焰的烘烤下，机舱内的温度达到40多摄氏度，机组人员的迷彩服都湿透了。

当直升机冲出火墙，突然降落在地面时，伤员大吃一惊，他们难以想象直升机是如何穿过大火的。

参加实战

　　机组人员看到伤员也大吃一惊，10 名伤员静静地躺着一动不动，有的已经昏迷。如果直升机再晚来一步，伤员们的生命就会被烈火吞噬。

　　在这次扑灭森林大火的行动中，751 号机组独自担负了黑河地区 200 万公顷林地的护林机降任务，共出动 206 架次，机降森林灭火队员 1915 人，运送扑火救灾物资 26 吨，抢救军地伤员 39 人，安全飞行 121 小时 31 分，出色地完成了灭火救灾任务。

冒雨飞入地震灾区航拍

2008 年 5 月 12 日 14 时 28 分，四川汶川发生里氏 8.0 级地震。山峦崩塌，大地撕裂，河流截断，城市消失，公路损毁。

楼房一幢幢倒塌，汽车被抛向空中，惊慌的人们冲出房子，跑到空地上，惊恐地看着大自然的震怒……

地震波顺着不堪重负的地壳，传到了驻成都某陆航团，撕扯着军营里的军官宿舍楼。正在午休并准备跨昼夜飞行训练的该团官兵被强烈的震感惊醒了。

陆航团飞行技术检查主任也被强烈的地震震醒。有着 30 年飞行经验的他，一把抓起飞行图囊，拔腿就往飞行训练中心跑。

人还在半道，团作战值班室的电话就打到了手机上："震中在汶川！马上准备起飞！"

到了训练中心，团政委张晓峰正在主持召开紧急党委会。

14 时 33 分，政委张晓峰下达了命令：

立即停止正常飞行训练，紧急启动应急预案。全团进入紧急状态，副团长姜广伟和参谋长杨磊准备首飞。

参加实战

这时，机务大队大队长梁晋率领数百名机务官兵，跑步进入机场，迅速展开机务准备。

没有预先号令，没有情况通报，所有飞行人员迅速集结，进入机场指定位置待命，各机组就地摊开航线图，研究可能的航线。

14时43分，陆航团飞行技术检查主任抬腕看表，震后15分钟，所有机组搭配、航线划分、机组协同分工完毕。停机坪上，全部直升机完成一切准备，进入待飞状态。

排在第一梯队的是参加过云南澜沧耿马地震、西藏那曲雪灾、南方抗击冰雪等数十次抢险救灾任务的老机长邱光华、陈远康、余德文……

16时，根据成都军区司令员李世明、政委张海阳命令，军区作战值班室下达命令：立即起飞，勘察震中地区灾情！

此时，雨一阵紧似一阵，天色更加阴暗，能见度越来越低。

16时28分，两架直升机在副团长李翔、姜广伟的带领下，直飞震中汶川。

直升机沿着航线一路搜索，接近都江堰时，被地震损坏的房屋逐渐出现在眼前。

城内的广场和街道上，密密麻麻地站满了避震的人群。

透过机窗他们看到的是满目疮痍。昔日里楼房林立的城市消失了，大片大片的房屋白森森地倒在地上，露出树枝一般的钢筋。街上挤满了人，车辆拥堵。越过市区，顺着岷江飞行，雨雾愈加浓密。

空中弥漫着漫天的地震尘土，能见度不足 300 米。

直升机低空飞临都江堰，大片垮塌的房屋很快映入眼帘，街道上挤满了受灾的群众，城市面目全非。

怀着悲痛，机组人员迅速拍下了一张张灾情图片。

姜广伟已经看不清前面杨磊的飞机，为避免两机相撞，他只能用无线电通知杨磊，要他返航在都江堰上空盘旋，自己则驾机继续往前飞。

飞到紫坪铺水库上空，姜广伟连续盘旋了 4 圈，察看水库大坝是否受损，并及时将情况向地面报告。

随行的政治处干事把山腰倒塌的民房和被塌方堵断的公路一一拍摄了下来。

直升机顺着河道继续飞行，不久，浓雾逐渐封锁江面，能见度越来越低，这让机组和远在成都的指挥员心急如焚。

指挥员命令机组重新调整航线，直升机迅速爬高近 2000 米，但仍然飞不出云区，舷窗外只有白茫茫的一片。

姜广伟一次次往北飞，试图找到进入汶川的口子。

汶川县城处于大山谷底，地形十分复杂，稍有不慎就会造成机毁人亡。两个机组强行向前摸索飞行了 10 多公里，仍然见不到一丝光亮。

参加实战

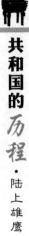

"航路被云雾阻挡，无法前进，请求返航。"姜广伟怀着复杂的心情向地面指挥所报告。

"同意返航，注意安全。"地面指挥员心情也很沉重，望着弥漫在空中久久不散的雨雾，重重地吸了口气。

飞机刚一落地，他们拍摄的资料就被等候在机场的军区作战参谋取走。

首次飞行带回了地震灾区的资料，为党中央和国务院判断灾情，作出救灾部署提供了重要的参考依据。

5月12日那夜，飞行员们无人入眠，等候气象好转。

飞抵震中运送救灾物资

2008 年 5 月 12 日，四川省汶川发生里氏 8.0 级地震。经过地震台网测定，汶川是本次地震的中心。当地的灾情、群众的安危，时刻牵动着全国人民的心。

5 月 13 日，雨还在下，雾还在弥漫，成都军区某陆航团紧急起飞 28 架次，迅速查明了北川、青川、绵竹等大部分震区的灾情。

但由于雨大雾浓，虽经 8 个架次 4 个波次的突击，仍无法飞至已被确定为震中的汶川县县城。

雨雾的那边，是正在流血的灾民。为了探明灾情，13 日中午，成都军区某炮兵团一支先遣分队翻山越岭，强行军进入震中汶川县映秀镇，发现当地数百名伤员生命危在旦夕。

时间就是生命！

14 日 7 时 48 分，连日的雨刚停，参谋长杨磊再次驾机，率两架直升机向映秀镇突击。

越过山峰，直升机编队顺着岷江山谷终于飞临映秀镇上空。初晴的天空依然云雾弥漫，这给飞行员建立航线、寻找降落地点，乃至飞行安全都带来了很大的麻烦。但更大的挑战是，众多的水电站使映秀镇到处是密如蛛网的高压电线，震后的废墟上很难找到一个可供着陆的

参加实战

开阔地。

飞机在映秀镇上空盘旋，他们一面向指挥部报告灾情，一面寻找着陆点。盘旋50分钟后，终于着陆成功。

直升机的轰鸣引来了灾民，灾民们看到了生的希望。人群中，立刻响起"解放军的直升机来了"、"共产党万岁"的欢呼声。

飞行员们一边卸下物资，一边安慰灾民："党和政府正在全力实施救援，还会有更多的飞机来救你们……"

直升机立即将首批救灾物资卸下，并抢运出17名危重伤员。飞机轰鸣着升空，留下了物资，留下了生的希望。

飞机飞回机场，参谋长杨磊摘下飞行头盔，头发已经被汗水浸成一缕一缕的。他对即将起飞的另一批飞行员交代了注意事项，并特别要求飞行员小心横在空中的高压线。

9时刚过，天气稍有好转，团长余志荣立即率领直升机机群起飞。3架直升机腾空而起，再向汶川进发。余志荣的家就在汶川，地震当天与家人失去联系，父母和5个弟妹生死不明，但他仍保持着坚强和镇定。

在陆航团里，连团长余志荣在内，有7名飞行员的家在灾区。但当他们驾机从家乡的上空飞过时，却顾不上向自己的家园看上一眼。

这次，直升机除搭载有食品、药品和帐篷等急需物资外，还有由成都军区组建的13人应急通信小分队。

743号长机在副团长李翔的带领下，率先冲入云端。机组人员只有一个信念，必须把物资和人员运进去，把伤员运出来，让全世界听到汶川的声音。

刚进入高原地区，气象雷达上就反复告警，前方有对流云，并正在发展之中。

果不其然，当直升机到达映秀上空时，紧锁山顶的灰色阴云如期而至。

飞行员们纷纷提升高度，放慢飞行速度，利用一个互通式峡谷，绕开云层，然后看准一个云洞钻下去，进入正常航线。

进入映秀，必须下降高度。刘绍良机组在降落500米后突然发现，3条电线摇摇晃晃，横在前方不到400米的地方。刘绍良用力一拉操纵杆，向左急转舵，机头猛然抬起，机身擦着电线飞过。

直升机群闯过了云雾和高压线，却发现没有合适的着陆场。第一个架次降落的地方已经塌陷了。飞机只好在天上盘旋。

余志荣一边带领机群盘旋，一边寻找着陆场。他发现，最理想的着陆点在汶川中学操场上，但是那里已经住满了受灾群众。他冷静地盘旋寻找，超低空穿越高压线，将飞机降落在一个不足50平方米的河滩上。

经过几次降落，飞机安全着陆，饿了两天肚子的灾民有了吃的，与外界失去联系的汶川有了"永不消失的电波"。

参加实战

直升机降落在灾区，十里八乡的群众围了上来。许多人掏出纸和笔，有的甚至拿出烟盒，把自己平安的消息和家人的电话写下来，交给机组人员，请求给家人报一声平安。

团里联系了电视台，把群众平安的消息传向四面八方。

14日下午，成都市各电视台反复播放着这样一条消息：汶川的张成林向家人报平安、茂县的赵兰荣向全家报平安……

当天，飞行员们利用云层中的间隙，连续机降50多架次，运走了近百名生命垂危的伤员。

一趟趟飞行，载走的是一个个生命和一份份希望。在这背后，是陆航团官兵付出的巨大辛劳。

超强度抢运抗震救灾物资

2008 年 5 月 20 日 8 时，成都军区陆航团内异常繁忙。团参谋长在一一安排今天的飞行任务：给汶川 10 个降落点运送药品；给理县、茂县还有卧龙等严重缺水的地区运送饮用水……

从 5 月 16 日起，直升机载着救援队伍陆续飞往灾区最偏远的山区。卧龙、耿达、银杏、草坡……每一个偏远村寨都回荡着直升机的轰鸣声，食品、药品源源不断地被运进偏远村寨。

震后灾区的公路全面瘫痪，直升机成为投送救灾物资和转运伤员的主要工具。而蜿蜒在山谷中的航线最窄处仅有七八十米，空间小，气流复杂，领航设备很难发挥作用，稍有不慎就可能机毁人亡。每一次飞行都是对飞行员勇气和智慧的考验，哪怕是寻找一个机降点。

由于灾情重大，空运任务极为繁重。机组人员每天的飞行时间多达 8 至 12 个小时，远远高于平时的规定。

飞行员钱红星在日记中写道：

参加实战

> 我们经常是贴着大山飞行，看着山上的石头在往下掉。在大山间飞一个小时消耗的精力，相当于在平原飞 4 个小时。这样的强度前所

099

未有。

从地震发生那天开始，全团官兵一直处在超负荷工作状态。四级士官陈志明和战友们全天泡在机库里，抓紧一切空余时间检修直升机。困了，飞机旁铺块帆布就是床；饿了，就啃几口干粮。飞行员们也一样，过起了一口面包一口水的生活。

陈志明说："想想灾区人民，我们再苦再累也不算什么。"

这恐怕是世界航空史上罕见的一幕。以震中汶川为中心，在岷江、杂谷脑河两侧山高3000多米的两条峡谷里，直升机来来往往，川流不息。东西方向从映秀、汶川到茂县四五十公里，南北方向从汶川到理县二三十公里，常常同时有10多架直升机在峡谷中飞行。最密集的时候，一天多达上百架次。

从地震发生开始，在团领导带动下，一批特级飞行员都主动要求多飞。开始时每天3趟，随后不断加码，增加到4趟、5趟、6趟，最多的一天达到9趟。年轻的飞行员也不甘落后，三级飞行员李月开始几天任务少，他一天一个申请，坚决要求上一线。

家在灾区的飞行员原定不安排飞行，但后来，他们全部参加了飞行。

这样高强度的飞行世所罕见，而当时还有数十个飞行任务是运输救援队伍进村——必须保证救援小分队能

100

进入每一个遭受破坏的村庄。

老天不作美，今天天空能见度极差，30 多名直升机飞行员都在焦急地等待着。能早一点到达现场，灾区民众就会多一分希望多一分温暖。太阳已经升得很高了，但笼罩大地的还是久久不散的浓雾，天空中只有太阳附近是昏黄的。

9 时 15 分，载着 11 名通讯技术人员、5 名机组成员和中央电视台两名记者、中国新闻社两名记者的直升机起飞了。

穿行于云雾之中，越过高山与河流，飞离了一座又一座农村和城镇，在震颤耳鼓的声响中，经过 40 分钟飞行，直升机降落在绵阳机场。

短暂停留后，直升机再次起飞。越往北，山越高，直升机在山谷中穿行，有时几乎贴着山脊在飞。从机舱的舷窗往外望，许多大山都出现了巨大的滑坡，露出黄色的泥土和灰白的岩石。飞临北川县城，往下看去更是惨不忍睹。河岸边两个连片的城区几乎没有一幢完整的建筑，县城上空飘浮着建筑物坍塌后的烟尘。

旋翼的巨大轰鸣声从山谷中传来，越来越近。废墟上、河滩上的受灾群众纷纷向空中用力挥舞双臂、流着眼泪高声呼喊。

这一幕幕感人的场景，时时都在汶川地震灾区出现。

参加实战

超越极限飞进生命孤岛

汶川地震造成山体大面积滑坡，通往山区的公路上到处都是塌方，超过 70% 的路面损坏，桥梁全部被毁，一个个重灾区与外界断了联系，成为"孤岛"。

这些"孤岛"地质条件险恶，气象条件复杂，随时都可能发生余震。这些情况，使那里时刻都面临山体垮塌、大地撕裂的危险，随之而来的还有因地形变化而产生的气流波动。这都为直升机飞行和降落埋下了一个个危险的陷阱。

但是，只有直升机能抵达那里。陆航的官兵们毫不迟疑地接受了挑战。

2008 年 5 月 21 日，某陆航团孙历君机组满载救灾物资飞抵汶川草坡乡上空。周密观察后，机组选定两山之间的一块开阔地作为降落场。

就在直升机快要接地的瞬间，孙历君突然发现左侧山坡上岩石飞滚，危急关头，他大喊一声："我来!"迅速提总距、顶舵杆，猛然将直升机拉高。

大家回头一看，原来是一次强烈的余震，刚才选定的那块平地已深深地陷了下去。

直升机载重越大就越不好操纵，加上许多降落点上空布满了纵横交错的高压线，导致直升机不能滑停地面而只能在空中悬停。而在高海拔山区载重悬停，遇上稍大的峡谷切变风，就会引起发动机功率不够，后果可想而知。然而，他们别无选择。

"生命孤岛"告急，群众急需药品和生活物资。为了让更多的灾区群众得到及时救助，他们不得不尽量把直升机装满负荷。

5月26日，28岁的飞行员刘乃文随机长邱光华进汶川运送伤员，降落的峡谷仅100多米宽，5道高压线挡在航线上，地面是一片沼泽。

"每一次飞行，几乎都与死神擦肩而过！"刘乃文说。拐弯、拉升、降落，每一个动作只有一次机会。

机长邱光华凭着20多年一次次征服"死亡航线"的经验，空中盘旋20多分钟，悬停9次，终于找到了一个刚能容纳直升机降落的小平台。

同一天，参谋长杨磊驾机前往理县接运几名孕妇。快接近目的地时，山口突然刮起阵阵大风，直升机摇摇晃晃。他临危不惧，死死攥住操纵杆，降了下去。

"这样的天候状况我完全可以选择返航，"杨磊说，"因为，有时一股强风吹来，飞机可能移位几十乃至上百米，撞山、碰上高压线等不可避免。但我们多飞一次就能多拉几个伤员，这时候必须冒险。"

参加实战

103

冒险运送专家勘察堰塞湖

2008 年 5 月 20 日 9 时 50 分，成都军区某陆航团副团长姜广伟到绵阳市抗震救灾指挥部领受任务，飞赴唐家山，将水利专家送到堰塞湖去执行任务。

这时，水利组副组长向地平双眼噙着泪，紧紧抓住姜广伟的手说："最近几天，指挥部已派出多架直升机飞赴唐家山堰塞湖坝顶，但因为天气等原因，均未成功。再等下去，将危及绵阳上百万群众的生命安全!"

向地平介绍说，从昨天到今天凌晨，堰塞湖水位已涨了 2.6 米，并仍以每小时近 10 厘米的速度上涨，严重威胁着下游北川、江油、安县、绵阳等地的安全。

一句话，让姜广伟意识到任务的艰巨。

领受任务 20 分钟后，他就升空了。他没想到，这次飞行后来被网民称为"一部真实的惊险大片"。

直升机在山谷穿行，绕过 5 道高压线，穿过许多个两侧直线距离不到 200 米的峡谷。

唐家山堰塞湖坝顶，到处是巨大的土丘和岩石，直升机根本无法降落，只能在山体形成的"堤坝"上空盘旋。

姜广伟事后这样回忆说：

直到这时，我才真正明白了为啥一直没有

直升机能够把专家送达唐家山堰塞湖坝顶。

姜广伟做出了数十次努力，几次险些撞上巨大的岩石。最后，终于在副驾驶邓洪广、机械师王怀远和领航员梁凯的配合下，把直升机的右舱门抵在一个塌方的小土堆上，让11名专家逐一跳下。

10时50分，第一批水利、地质、水工等专家顺利抵达唐家山堰塞湖坝顶，火速投入排险方案研究。这一天，他在这条"死亡航线"上飞行了6个架次。

正是因为他们的成功突进，才有了21日出炉的《唐家山堰塞湖抢险实施方案》。

堰塞湖排险展开后，姜广伟又带着机组数十次冒险运送数十吨雷管、炸药、炮弹等平时严禁运载的危险品到坝顶。

水利部领导称姜广伟机组悬停唐家山堰塞湖坝顶，为决胜唐家山立了第一功："唐家山会记住你们这个机组！"

参加实战

邱光华为灾区英勇献身

邱光华是周恩来亲自选拔的我国第一代少数民族飞行员，他以全优学员的身份从航校毕业分到成都，从那时起，部队一有任务，他总是第一个主动请战。

因为技术过硬，一家直升机公司曾用丰厚的年薪邀请他加盟，但却遭到了邱光华的断然拒绝。

邱光华说：

> 人不能忘本，我从山里走出来不容易，是党和人民给了我一切，我要把我的一切献给党和人民。

2008年5月12日，震惊世界的汶川大地震刚发生，曾多次参加抢险救灾的邱光华就强烈地意识到，这又是战鹰报效党和人民的时候了！

领导考虑到51岁的邱光华还有几个月就到停飞的年龄了，家又在重灾区，便没有把他列入飞行的名单。

但邱光华却不同意，他一次又一次找团领导请战，反复地对领导说：

> 我是老飞行员了，家里的事压不垮我！

况且家乡的地形我最熟悉，让我飞，还能带带年轻的飞行员……

虽然邱光华"软磨硬泡"，但领导还是不同意。于是，邱光华使出了"绝招"。

5月13日，战友多么秀奉命飞赴茂县，登上直升机才发现，老战友邱光华早已坐在机舱等候多时了。

多么秀连拉带劝地好不容易把邱光华"请"了下去，邱光华转身又跳上了时任团长余志荣的飞机。

"老余，你家也在灾区，你最理解我的感受，我不能眼睁睁看着家乡人民遭罪啊！"

看着老战友真诚急切的目光，余志荣心软了，只好答应让他作为一名领航员跟着飞一趟。

第二天，邱光华征得团里批准，正式投入救灾战斗。

5月15日，邱光华驾机飞进青川执行空运救灾物资任务。

邱光华到达目标空域才发现，地面上很难找到一块降落场。这时有人建议空投，邱光华坚决不同意："这可是乡亲们的救命粮、救命水，摔坏了怎么办？"

他带领机组成员反复盘旋观察，成功将直升机降落在一个面积不足 200 平方米、由震后的几块石头形成的平面上。

回来后，有人不解地问他，为什么要赌上生命去较真。他说："救民于水火，我们代表着党的形象和军队荣

参加实战

誉，绝不能打半点马虎眼。"

5月26日，邱光华驾机进汶川运送伤员。

要降落的峡谷仅百余米宽，空中还有5道高压线依次挡在下降的航线上。

由于山体滑坡河水上涨，地面原本的河滩变成了一片沼泽，找不到一处可供降落的地方。

透过机窗，邱光华看到人们跟着直升机跑动，焦急地挥舞着各种颜色的衣服，邱光华也很是着急。

他一次又一次下降，又一次次把飞机拉起，在空中盘旋30多分钟，悬停下降11次后，终于穿过电线网强行降了下去。

事后，他对记者说："伤员在下面，我们陆航兵冒死也得下去。"

在地震灾难中，邱光华的家乡茂县也是重灾区。他曾多次飞过家乡上空。

地震以后，通讯中断，邱光华没法了解家里的情况，只好守在电视机前，希望得到家乡的消息。

地震第二天，邱光华接到命令前往北川、绵竹和都江堰侦察灾情。

没有过多考虑，10分钟以后，他便带领机组人员起飞了。这一天他还是没有得到任何关于家乡和亲人的消息。

虽然心里非常牵挂，但邱光华说："这是天灾，没办法，我只能干着急，帮不了家里，只有靠当地政府。我能做的就是救灾。"

5月14日，邱光华奉命前往家乡茂县侦察灾情。当他飞到茂县上空，他想，完了，家人肯定被埋在下面了。

落地后，他见到了同地方政府一起前来向部队汇报灾情的弟弟。

弟弟告诉他，家里房子垮了，好在父母亲人都活着。邱光华听后终于安心了一点，这时已是地震发生后的第三天。

一次空投帐篷，投送点刚好在他老家附近，他完成了任务便返回成都。

弟弟打来电话，说拾到了一顶帐篷，已经给年迈的父母搭好了。没想到，邱光华严厉地批评了弟弟，让弟弟必须立即把帐篷交给当地救灾点统一安排。

5月31日，邱光华奉命驾驶92734号飞机，往汶川草坡乡、耿达乡运送药品、食物。参加抗震救灾以来，他飞行63架次，往灾区运送救灾物资90吨，抢运伤员200多人。

10时，地面指挥室的无线电里传来邱光华的声音："老勒，该回去休息一下了，洗个澡。"

那时，战友勒干波在映秀镇担任地面指挥，已经半个月没有回家了。每天几十个架次的飞机起降，扬起的沙尘漫天飞舞。他的耳朵、鼻子、头发、靴子里都装满了沙土。

"好的，你下一趟进来，我就坐你的飞机回去。"勒

参加实战

干波不知道，邱光华此去竟成了老友的诀别。

13 时，92734 号飞机第三次起飞，执行运送 10 名医务人员到理县的任务。

14 时 20 分，邱光华驾机返航。

在经过汶川时，他与驾驶另一架 92750 号机的藏族机长多么秀取得联系，双机目视跟进飞行。

当飞至汶川银杏乡狭窄山谷时，天气突变，多么秀爬飞到 2600 米时，突然与邱光华失去了联系。

6 月 1 日，正在陕西指导抗震救灾工作的胡锦涛同志在得悉执行抗震救灾任务的直升机失事的消息后，十分关切。

胡锦涛同志指示立即组织力量搜救，并委派军委领导前往一线组织指挥。

经全力搜寻，6 月 10 日 10 时 55 分，在执行任务航线附近的深山峡谷密林中找到失事直升机，机上人员全部遇难。

胡锦涛同志在得悉这一消息后，立即作出批示，向遇难机组人员和机上群众表示沉痛悼念，向遇难人员亲属表示亲切慰问，向执行搜救失事直升机任务的部队官兵和民兵预备役人员表示衷心感谢！

6 月 13 日，在成都凤凰山机场，遇难机组烈士的亲属、成都军区领导、某陆航团官兵和驻地群众在机场迎灵。

在整理邱光华遗物时，战友在老邱的飞行服里找到了五六张灾区群众报平安的纸条，全部放在了邱光华最贴身的位置，一个个都完好无损。

他当时肯定在想，要把这几张平安书代表的平安送给需要的人，而这肯定成了他生前的一大遗憾！

6 月 14 日，中央军委主席胡锦涛亲自签署命令，给邱光华追记一等功。

成都军区某陆航团荣获英雄团称号

2008 年 6 月 14 日，中央军委主席胡锦涛签署命令，授予成都军区某陆航团"抗震救灾英雄陆航团"荣誉称号。

当日，中央军委授予成都军区某陆航团荣誉称号命名大会在成都隆重举行。中央军委委员、解放军总政治部主任李继耐宣读胡锦涛同志签署的命令。

命令指出：

成都军区某陆航团在这次抗震救灾斗争中，执行命令坚决，完成任务出色，是忠实履行新世纪新阶段我军历史使命的先进典型，是特别能吃苦、特别能战斗、特别能奉献的英雄集体。

全军和武警部队都要向成都军区某陆航团学习，学习他们坚决听党指挥，忠诚履行使命的高度政治觉悟；

学习他们牢记我军宗旨，视人民利益高于一切的崇高思想境界；

学习他们冲锋在前，抢挑重担，顽强拼搏

的战斗精神；

学习他们不畏艰险、不怕牺牲，勇于挑战极限的英雄气概。

全军部队特别是参加抗震救灾的广大官兵要以他们为榜样，在党中央、中央军委的坚强领导下，大力弘扬我军听党指挥、服务人民、英勇善战的优良传统，团结一致，众志成城，为夺取抗震救灾斗争的全面胜利而奋斗。

命名大会由军地领导等约 1200 人一同参加大会。军委领导在讲话时说：

成都军区某陆航团多年来坚决贯彻执行党中央、中央军委决策指示，大力加强部队全面建设，出色完成了开辟青藏和川藏航线、西南边境巡逻、国防科研试验等数百次急难险重任务。

四川汶川特大地震发生后，这个团视灾情为命令，视灾区为战场，在第一时间飞赴灾区勘察灾情、抢运伤员和救灾物资，为抗震救灾作出了突出贡献。

5 月 31 日，这个团一架直升机在执行运送受灾群众任务中，因高山峡谷局部气候瞬时变化、突遇低云大雾和强气流不幸失事，邱光华、

参加实战

李月、王怀远、陈林、张鹏5位同志光荣牺牲。他们用生命和热血，诠释了我军听党指挥、服务人民、英勇善战的优良传统。

胡主席签署命令，授予这个团"抗震救灾英雄陆航团"荣誉称号，是对全团官兵的最高褒奖，也是全体抗震救灾部队的光荣。

军委领导指出：

向某陆航团学习，就要像他们那样，始终把思想政治建设摆在部队各项建设的首位，坚持不懈地用中国特色社会主义理论体系武装头脑，以邓小平理论和"三个代表"重要思想为指导，深入贯彻落实科学发展观，切实打牢高举旗帜、听党指挥、履行使命的思想政治基础；

就要像他们那样，始终牢记我军全心全意为人民服务的根本宗旨，坚持一切依靠人民、一切为了人民，永远保持人民子弟兵的政治本色，在人民群众生命财产受到威胁的时候，要勇于挺身而出，能够豁得出来、冲得上去；

就要像他们那样，大力加强战斗精神培育，既在平时的军事训练和教育管理中培育良好作风，又在艰苦环境和急难险重任务中摔打部队，始终保持高昂士气和旺盛斗志；

就要像他们那样，积极投身中国特色军事变革和军事斗争准备中，大力加强信息化条件下的军事训练，苦练精兵，不断提高应对多种安全威胁、完成多样化军事任务的能力。

军委领导强调：

全军各级党委要切实加强对学习某陆航团活动的组织领导，采取有力措施，推动学习活动深入开展，不断取得扎实成效。

要结合部队实际，认真传达贯彻 6 月 13 日中央召开的省、区、市和中央部门主要负责同志会议以及军队领导干部会议精神，高标准做好抗震救灾、支援奥运、维护稳定等各项工作。

要在加强部队建设和完成各项任务中，充分发挥党委的核心领导作用、党支部的战斗堡垒作用、领导干部的模范带头作用和广大党员的先锋模范作用，团结带领广大官兵顽强拼搏，开拓进取，为夺取抗震救灾全面胜利，推进部队建设又好又快发展，全面履行新世纪新阶段我军历史使命而努力奋斗。

参加实战

成都军区政委张海阳代表成都军区抗震救灾联合指挥部党委、机关和部队，向被授予荣誉称号的某陆航团表示热烈祝贺，向奋战在抗震救灾一线的全体官兵、民兵预备役人员表示亲切慰问。

军委领导说：

中央军委授予某陆航团荣誉称号，为我们树立了一面新时期继承发扬我军听党指挥、服务人民、英勇善战优良传统的光辉旗帜。

当前，抗震救灾形势依然严峻，任务十分繁重，我们决不能有丝毫松懈。一定要像某陆航团那样，坚决听从党中央、中央军委指挥，按照地方党委政府的统一安排，继续发挥突击队作用，高标准高质量地完成新阶段抗震救灾赋予军队的各项任务。

一定要像某陆航团那样，始终视人民群众的利益高于一切，把灾区群众的迫切需求作为第一信号，千方百计为受灾群众排忧解难，真正做到想群众所想、急群众所急、帮群众所需。

一定要像某陆航团那样，继承发扬我军听党指挥、服务人民、英勇善战的优良传统，持续锤炼我军英勇顽强、敢打必胜的战斗精神和不怕疲劳、连续作战的战斗作风，为夺取抗震救灾斗争的全面胜利作出新的贡献，创造新的功绩。

省委副书记、省长、省"五一二"抗震救灾指挥部副指挥长蒋巨峰代表省委、省政府，代表全省 8800 多万各族人民特别是遭受地震灾害的广大受灾群众，向某陆航团荣获"抗震救灾英雄陆航团"殊荣表示热烈祝贺，向在我省抗震救灾中作出重大贡献的人民解放军指战员，表示衷心感谢并致以崇高的敬意。

军委领导说：

人民解放军特别是某陆航团的广大指战员，急中央之所急，办受灾群众之所需，不畏艰险，不怕牺牲，顽强奋斗，以实际行动践行了全心全意为人民服务的宗旨，谱写了一曲人民军队为人民的浩然之歌。

你们的英名和功绩人民不会忘记、历史不会忘记，必将永远铭刻在四川人民心中。人民解放军的英勇事迹，受到了灾区广大人民群众高度赞誉。

省委、省政府号召全省干部群众向人民解放军特别是某陆航团学习，在党中央、国务院和中央军委的坚强领导下，不断密切同呼吸、共命运、心连心的军政军民关系，大力弘扬万众一心、不屈不挠、友爱互助、自强不息的抗震救灾精神，众志成城抗震救灾，自力更生重建家园，军民同心协力、顽强拼搏，坚决夺取抗震救灾的全面胜利。

参加实战

参考资料

《低空杀手：陆军航空兵》胡思远编著 解放军出版社

《中国足音》周日新 倪先平编著 北京航空航天大学出版社

《中国汶川抗震救灾纪实》新华社总编室编 新华出版社

《惊天动地战汶川》总政治部宣传部编 解放军出版社

《汶川汶川：四川大地震纪实》徐华编著 花城出版社

《汶川汶川》连玉明 武建忠主编 中国时代经济出版社

《师魂绚丽如虹》李曜明 张以瑾等编著 四川教育出版社

《闪光的师魂》文行瑞等主编 天地出版社

《瞬间·永远》李春凯等著 人民文学出版社

《灾难无情天使有情》李秀华 郭燕红主编 人民卫生出版社

《铭记》中央电视台新闻专题部编 中国言实出版社

《走向现代化的人民军队》黄宏 程卫华主编 人民出版社

《共和国军队回眸》杨贵华 陈传刚编著 军事科学出版社

《新中国军旅大事纪实》张麟 程秀龙著 湖南人民出版社

《中华人民共和国军事史要》本书编委会著 军事科学出版社